ANTES

CARMEN BOULLOSA

ANTES

VUELTA

LA IMAGINACIÓN

Primera edición, 1989

D.R. © Carmen Boullosa
D.R. © 1989, Editorial Vuelta, S.A. de C.V.
Av. Contreras, 516, 3er piso; Colonia San Jerónimo Lídice
10200 México, D.F.

ISBN 968-6229-13-2

Diseño: Myriam Cerda—Espejo de Obsidiana Ediciones
Impreso en México

A José María Espinasa,
a Jonás Aguirre Liguori, cuando todavía no nacías,
a María José Boullosa, que deseo descanse en paz.

Los que auscultasteis el corazón de la noche,
los que por el insomnio tenaz habéis oído
el cerrar de una puerta, el resonar de un coche
lejano, un eco vago, un ligero ruido...

En los instantes del silencio misterioso,
cuando surgen de su prisión los olvidados,
en la hora de los muertos, en la hora del reposo,
sabréis leer estos versos de amargor impregnados...

Como en un vaso vierto en ellos mis dolores
de lejanos recuerdos y desgracias funestas,
y las tristes nostalgias de mi alma, ebria de flores,
y el duelo de mi corazón, triste de fiestas.

Y el pesar de no ser lo que yo hubiera sido,
la pérdida del reino que estaba para mí,
el pensar que un instante pude no haber nacido,
y el sueño que es mi vida desde que yo nací...

Todo esto viene en medio del silencio profundo
en que la noche envuelve la terrena ilusión,
y siento como un eco del corazón del mundo
que penetra y conmueve mi propio corazón.

RUBÉN DARÍO

I

¿En qué estábamos antes de llegar? ¿No te lo dijeron? Quién pudo decírtelo, si no tuviste a nadie para preguntarlo. Y tú, ¿lo recuerdas? ¿Cómo podrías recordarlo? Sobre todo porque no estás aquí... ¿Y si insisto? Vamos, si insisto puede ser que aparezcas.

¿Cómo querría yo que fueras? ¡Querría que fueras lo que fueras! Bastaría un poco de sustancia cálida, un poco de masa ni siquiera ardiente para tocar, para rozar... con rozar de vez en cuando en esta soledad me bastaría, rozar un poco, acariciar sin lastimar ni arañar, ni quedarme nada nada nada en las manos... nada... ni una huella...

Pero no hay nadie aquí conmigo. Nadie, aparte del miedo, del temor, del terror... ¿Miedo a quién? ¡No puedo tenerme miedo! Me he demostrado de mil maneras que soy inofensiva, como un pato a la orilla del lago esperando que los niños me avienten un trozo de comida o que dejen algo en el papel que abandonarán descuidadamente... Pero sienten asco de mí, asco, asco, les ensucié su "día de campo", su desayuno a la orilla del lago les ensucié, les volví un lodazal el muelle de su desayuno... niños, yo soy como ustedes, déjenme algo, alguno espéreme y quédese conmigo, un segundo siquiera, ¡niños!...

Se van. Su papá va a llevarlos ahora directamente a la escuela. No se les notaba en la cara la desmañanada para venir a desayunar aquí...

Pero sería conveniente empezar por el principio. Cierto, yo era como esos niños, yo era esos niños y aquí estoy, divorciada de su mundo para siempre. ¡Niños! ¡Yo era lo que ustedes son!

Me debo proponer vencer el miedo para empezar a contar mi historia.

Nací en la ciudad de México en 1954. Recuerdo con precisión el día de mi nacimiento. Claro, el miedo. La comprendo y no se lo reprocho, tal vez si yo llegara a estar en su situación (ni lo imagino, sería demasiada fortuna) yo también sentiría miedo.

El miedo era por la abuela, no por mí. A mí, ¿qué? Todavía ni me veía. . . yo era tan indefensa. . . Más indefensa que cualquier niño de mi edad, que cualquier otro recién nacido.

Vuelvo al miedo, a *la* miedo: la jovencita, bañada en sudor, despeinada, con el cuerpo sometido a la violencia del parto, despojada de todos los signos de coquetería, era inocultablemente hermosa. Ese día estaba más pálida que de costumbre y cuando la vi por primera vez tenía en todos sus rasgos reflejado el miedo que no imaginé brincaría a mí para nunca dejarme.

Se llamaba con un nombre totalmente distinto al mío. Un nombre más sonoro, un nombre que yo le pondría a un hijo si lo tuviera. Se llamaba Esther.

Aunque la vi desde siempre con tanta precisión, la quise mucho, como si fuera mi madre.

¿Cuánto tiempo tardé en darme cuenta de que ella no era mi mamá? Siempre lo supe, pero hasta el día en el que ellos llegaron por mí, todo funcionó como si ella lo fuera.

En cambio no lo recuerdo a él esa noche. ¿Dónde andaría? Diré que trabajando para no ofenderlo, pero en cuanto vi la palidez de ella y la extraña miseria que la rodeaba entre las sábanas y las manos impías (quiero decir sin cariño ni piedad) que la rodeaban, lo supe todo. ¿De qué le servía su arrogante belleza si no era para ser amada por el hombre que ella quería? Tal vez era demasiado hermosa como para ser querida por nadie. No lo sé.

En el momento en que nací, mi abuela dejó de hablar allá afuera. Paró de quejarse. Tomó un respiro y no sé qué la arrulló. ¿Yo? Se quedó dormida de inmediato. La que debiera ser

12

mi mamá, en cambio, no se durmió; me miró con una mirada que me recorrió el cuerpo poniéndome en todas las partes que lo componían su nombre respectivo, volteándome huesos y piel con un sentimiento similar a la ternura, como no me volvió a ver nunca nadie.

Mi abuela me miró con desilusión porque yo no era varón como ella hubiera querido. Mi papá. . . él no me miró ni ese día ni los siguientes, hasta que perdí la cuenta. Entonces, cuando dejé de notar que no me miraba, lo hizo y jugó conmigo. Era estupendo compañero de juegos.

Ellas no sabían jugar. De niña, al dormirme, me inventaba recuerdos. Recordaba (jugaba a recordar) que alguna de las dos Estheres había jugado conmigo: al té, a la casita, a las muñecas, a cualquier cosa. Eso me decía para arrullarme mientras ellas ponían en mí sus manos exageradamente blandas y me cantaban canciones desentonadas. Pero las quería mucho, tanto que no sólo me arrullaba con ellas sino que en las mañanas, al despertar, mi primer pensamiento era para ellas dos, y al salir de la escuela también era para ellas dos. Casi toda mi infancia.

Afuera a veces escucho a las que vienen persiguiendo y aún no les dan caza. ¿O serán las mismas? Aúllan, tienen horror de los que las persiguen. Corren, vuelan, son capaces de cualquier cosa para salvarse. Han de ser otras cada noche, seguramente, seguramente porque ninguna podría escapar, es imposible escapar, que nadie intente engañarse. Alguna noche se lo grité a la desesperada en turno, pero no oyó. Prefiero no gritar más, no tiene sentido y me hace mal. Estoy mal. Tengo tanto miedo. Tengo tanto miedo y no hallo cómo gritar *mamá*. Es un grito que no puedo emitir, porque esa palabra no la tengo.

Otras palabras sí, sí que las tengo. Tengo *árboles*. Tengo *casa*, tengo claramente la palabra *miedo* y tengo sobre todo la palabra *patosenelparque* porque de ella les quiero hablar hoy.

¿A quiénes, a quiénes les puedo hablar? Me inventaré por esta noche que sí puedo conseguir interlocutores desde mi oscuridad.

Patosenelparque, con papá. . . él nos llevaba. El desayuno se preparaba en casa. Luego, tomaba el camino a la escuela, como siempre, hablando de lo de siempre, de un juego que él creía inofensivo pero que para mí era un juego de asalto y de dolor. "Yo no soy su papá". . . "Yo no soy su papá. . . yo soy un señor que se las va a robar, un robachicos. . . un ladrón. . . me las voy a llevar para pedir dinero a cambio de ustedes. . . Si no me pagan las haré chicharrón. . ." Ahí les ganaba la risa, a él y a mis hermanas. Se reían a chorros, a carcajadas y con gusto, mientras yo pensaba: ¿chicharrón? ¿Dinero? ¿De qué demonios —pensaba—, de qué demonios estaremos hechas?

Íbamos al lago de Chapultepec. Nos desayunábamos sin apetito, picoteando aquí y allá, como patos, lo que nos hubieran puesto en la canasta, y nos llenábamos los zapatos de lodo, los choclos bicolores (blancos y azul marino) que llevábamos a la escuela.

Oía en las noches los pasos que entonces me asustaban pero creía inofensivos y si de noche no me permitían dormir, de día creía percibir en ellos un dulce arrullo, y tenía sueño en clase de español y sueño en matemáticas, en inglés, en gimnasia, en todas las materias. . . Pero era un sueño dulce, un sueño que nunca me hizo mal, un sueño a tientas, temeroso de mí. Ahora me ha ganado por completo y sé que nunca podría despertar.

Papá nos llevaba a la escuela por distintos caminos. Nunca comprendía (de todos modos) cómo demonios se llegaba a la escuela. Las calles siempre me dieron vértigo, nunca me acep-

taron como a una de las suyas. A ellas nunca pude engañar-
las. Ni a la ciudad. Pero menos que nadie a mí misma.

Tomaba una ruta distinta y nos contaba cuentos y nos
hacía bromas y era enormemente feliz con las que él entonces miraba en toda la extensión como sus legítimas hijas. Y
todas lo éramos.

En la escuela. . . Nunca podré recordar cómo era precisamente
la llegada a la escuela. De pronto estaba ahí. Conjeturo que
me bajaba del automóvil torpemente, un poco mareada, sintiendo un enorme alivio porque había podido llegar a mi lugar a pesar de las amenazas del señor ese que decía no ser
mi papá. . . Llegaba, procuraba no tropezarme con mi propia
mochila y ¡el ruido!, ¡el ruido, el parloteo! Tampoco lo recuerdo, lo imagino, debía estar ahí. . . Lo que recuerdo era la fila,
el estar formadas en el pasillo con la luz del día a la izquierda
entrando a chorros por un enorme ventanal mientras alguien,
a quien no veíamos, rezaba en voz alta, decía cosas que nunca entendí, y luego el saludo a la bandera, mexicanos al grito y algo así como *como remellos cuyos aliños un viento helado*
marchita en flor. . . Palabras indescifrables, tanto o más religiosas que aquellas con que había empezado el día.

Una mañana a medio recreo, María Enela (así era su nombre, era —o así lo recuerdo, pero lo defenderé— Enela) me
invitó a entrar con ella en el gallinero. En él no había gallinas ni restos de gallinas, sospecho que era un proyecto de
las monjas que no arraigó. . . un edificio abandonado, limpio no sé por qué, oscuro y silencioso. Entré con ella. Entonces los pasos se hicieron más presentes y ella me preguntó:

—¿Qué son esos pasos?

—¿Qué van a ser? —le contesté—, nada. . .

—Sí sabes de qué hablo —me dijo—, sabes muy bien. . .
Me han venido siguiendo. . . Me dijeron que te pregunta-
ra a ti.

Tuve tanto miedo que eché a correr hacia fuera del gallinero. Enela salió corriendo atrás de mí, llamándome por mi
nombre con insistencia.

Salí del gallinero, corriendo, pero en cuanto pude alzar la vista me detuve: el enorme patio se encontraba vacío. ¿Se habría acabado la hora del recreo? Sentía atrás de mí los pasos
de Enela ya no persiguiéndome sino buscando también (como yo) el camino a nuestro salón. ¿Por qué estaba vacío el
patio? Subimos (primero yo y casi pisándome los talones Enela) los escalones que nos dividían de la entrada a los salones
y de lo que llamábamos el "patio de gala": un hermoso jardín meticulosamente cuidado, rodeado de hortensias, con su
recortado pasto siempre verde y tupido, al que las niñas no
teníamos acceso más que en días de fiesta. Subimos, decía,
la escalinata bordeada por el lado izquierdo de un muro (o
piso) inclinado, de piedra volcánica, y sentí cómo Enela volteó para ver el patio en toda su extensión —al fondo las canchas de básquetbol, más abajo el terraplén donde se practicaba atletismo: el tiro de jabalina o bala, salto de longitud,
de altura (en una alberca de aserrín)— y dijo "no hay nadie". ¿Cómo no habíamos oído el timbre, el fuertísimo, agu-
dísimo timbre que indicaba el regreso a clase? Tuve miedo,
Enela tuvo miedo también. Sentí que no tenía sentido seguir
subiendo la escalera, para qué, y volteé esquivando la mirada de Enela, cuando las vi salir de la izquierda, de donde la
terraza me tapaba las canchas de volibol, vi surgir como un
enjambre a las niñas, un enjambre gris, un ejército de hor-
migas con sus suéteres grises y sus grises faldas de tablones
grises saliendo con barullo del área de la cafetería. . . Al término de la escalera, en lugar de caminar un poco hacia la
izquierda y entrar por la puerta del pasillo, di vuelta a la
derecha y bajé corriendo los otros escalones: ahí estaban todas, aglutinadas en la terraza de la cooperativa y atestando
la cafetería, recibiendo los premios anuales de la cooperativa

escolar, los bonos que esa tienda manejada por las alumnas de sexto había rifado, como todos los años, y que daban carta abierta a dos alumnas durante lo que restaba del año escolar para comer cuanta golosina quisieran de la cooperativa. Alguien me jaló de la manga y me dijo: "¡hubo uno para ti!" A empujones me abrieron paso a la barra de la cooperativa y grité mi nombre. "¿Dónde está?", me preguntó una de las grandes desde su altura inconmensurable. "Soy yo", le contesté y gritaron mi nombre, me aplaudieron, otra de las mayores me cargó y me subió a la barra y corearon hurras, vivas, cantaron una porra, me entregaron el bono (una credencial azul, con mi nombre escrito) y entonces fue cuando sonó el timbre para regresar a clase.

. . .como la niña en la terraza, lleva rato corriendo tras una lagartija y por fin puede asirla, la detiene y la lagartija *corre*, ¿cómo corre si aún la está deteniendo? Suelta lo que tiene en las manos: la cola baila feliz y victoriosa en el piso, distrayéndola. ¿Cuánto tardó en moverse? Mucho más tiempo que el que le llevó a su lagartija huir fuera del alcance. . . Exactamente igual me ocurrió con el bono de la cooperativa. Lo que tardé en darme cuenta fue lo que tardé en encontrar el salón y toparme con la mirada de Enela y decidir que, a costa de lo que fuera, yo debía esquivarla, esquivarla. . . No podría soportar mi propio miedo reflejado en ella. . .

En el recreo del día siguiente me cuidé muy bien de no acercarme a María Enela. No fue fácil, hábilmente supo incorporarse al grupo con el que yo siempre compartía los juegos.

Cuando bajaron a los patios, no me uní a ellas. Esperé al último momento para salir del pasillo. Trato de recordar el nombre de la niña que, buscando algo que nunca encontraría en el fondo de la mochila, hacía tiempo en el salón para evitar ante las otras la vergüenza de salir sola (¡otra vez!) a deambular por los rincones más desiertos de la escuela. Era de cara gordita, la peinaban con una sola trenza restirada en la coronilla y abundante jalea. Tenía el cutis pálido y un poco rosado en las mejillas, mostraba una fragilidad de espíritu que nunca encontraría cómo ocultar, ni siquiera cuando se convirtió prematuramente en una adolescente hermosa. No recuerdo su nombre. La invité a salir conmigo, ésa y otras mañanas en que Enela pudo sostener su pasajera amistad de conveniencia (que nadie conocía, más que yo) con mis amigas; no fueron muchas, para mí las mañanas más largas de la vida escolar. Largas, claras, demasiado lentas y que alguien podría etiquetar como "aburridas".

No me aburría. Sentadas en los subibajas con forma de rebanada de sandía diseñados para las niñas más pequeñas, nos platicábamos, meciéndonos casi imperceptiblemente, muchas cosas. Estábamos refugiadas en el patio de las más chicas, el que daba a los salones de kínder y que aunque no estaba prohibido nadie usaba para jugar, aislado de los demás patios pertenecía a un territorio aparte, y ahí jugábamos un juego que conocí (porque entonces lo practicaba sin conciencia) cuando era más grande: la plática. ¿Qué tanto nos contábamos? Muchas cosas, intimando verbalmente como hasta entonces nunca lo había hecho con nadie. Que si su papá, que si el mío, que si Esther, que si la maestra de español, que si. . . nos platicábamos como adolescentes, como mujeres adultas, como viejas, largamente. . .

Así corrió tiempo entre la entrevista del gallinero y el orden que recuperé trastabillando en la oscuridad del miedo. Pocas eran las noches en que los pasos no me perseguían empecinados ocultándose tras los sonidos que escuchaba intentando dormirme.

Esa mañana parecía que estaba a punto de llover. De hecho unas pocas gotas rompieron una larga fila organizada para jugar quemados y corrimos alborotadas para meternos en el pasillo que unía entre sí los salones, para protegernos de la lluvia. Buena para correr, entré primero que ninguna de mis amigas al pasillo. Me topé con el espectáculo siguiente: a la mayor de mis hermanas le habían sacado la mochila del salón y le brincaban encima; mientras ella trataba de recuperarla, colocaban a su mamá unos adjetivos que no comprendí. . . pensé en los lentes que ella usaba para leer el pizarrón y que estarían haciéndose papilla en la bolsa exterior de la mochila de cuero, nueva todavía antes de pasar por la tormenta de pisotones que a coro iba creciendo con la lluvia. Me abalancé por la mochila, mordiendo la pantorrilla que en turno le saltaba y mordí y mordí. . . trataban de separarme de ella, pero la rabia que sentía era tan grande que no me permitía abrir las quijadas mientras la dueña de la pierna aullaba y las demás gritaban y yo recordaba con los ojos cerrados la mochila en el cuarto de mis hermanas la tarde anterior y pensaba que no era justo cómo habían dejado la mochila y apretaba las quijadas fuertemente y la maestra me tomó de los cabellos, despeinados de tanto jaloneo y me condujo de inmediato, en medio de un silencio sepulcral, a la oficina de Mother Michael, la directora.

Debiera haber sentido miedo. Nunca antes me habían llevado con la directora, era el último recurso de la disciplina escolar. Primero venían los papelitos que se mandaban a la casa, verde (primera llamada de atención), azul (segunda) y el rosa (tercera y última, casi un latigazo), mismos que había que regresar al día siguiente firmados por ambos padres. Si los papelitos no eran suficientes, la oficina, la temible entrevista con Mother Michael, de la que nadie hablaba porque pertenecía a lo *pavoroso*. Yo no le tenía ningún miedo a Mother Michael, claro que sería incapaz de no obedecerla o de faltarle al respeto, pero menos le iba a tener ninguna consideración a nadie en el estado en que me encontraba, prendida de ira todavía. . . No sé cómo le hizo la maestra para separarme de la pantorrilla sin que yo me llevara el pedazo adentro de la boca.

19

Mother Michael abrió la puerta y yo empecé a hablar. Le expliqué lo de los lentes, lo de la mochila nueva que Esther le había comprado la tarde anterior, lo de las palabras incomprensibles que le gritaban a mi hermana para definir a su mamá, repitiéndoselas una por una, como las recordaba. Mother Michael me miró directo a los ojos. "Voy a tener que castigarte —me dijo—, porque si no todas las niñas van a empezar a morder a sus compañeras, pero hiciste muy bien. Quédate conmigo. Teacher, papelito rosa for those who jumped in la mochila". Me quedé con Mother Michael. Apenas cerró la maestra la puerta, me miró de nuevo y me habló en inglés, su lengua materna, mucho rato, muchísimo rato, paseándose con largos pasos. Nunca la había visto yo tan habladora y no encontraba qué la había puesto así. Salió de su oficina y me dejó ahí a que esperara el timbre de salida.

¿Me dormí en la oficina de Mother Michael? Los cajones del enorme escritorio de madera crujieron *en voz alta*, al rato de estar yo aburrida esperando. Crujieron y crujieron, uno por uno, y acto seguido escuché adentro del escritorio los mismos pasos de siempre, los pasos que Enela al mencionar volvió semillero de terror. No podía salir de la oficina, tenía que obedecer a Mother Michael, estaba atrapada, los pasos estaban ahí, junto a mis piernas que colgaban inermes en la silla, ya habían llegado, y rompí a llorar diciéndoles: "ya, por favor ya no suenen, les tengo miedo, llévense mejor a Enela".

No sé cómo me atreví a decir eso. Sólo el miedo que sentía puede explicarlo.

Pararon de sonar de inmediato.

A la mañana siguiente, al entrar junto con todas mis compañeras al salón, bajo la tapa del pupitre encontré un recado acomodado encima de mis libros. ¿Quién lo pudo poner ahí? La letra era de un adulto. Antes de acabar de leerlo, cerré el pupitre y haciéndolo bolita en la mano lo guardé en mi mochila. ¿Sería mi maestra? ¡De nuevo sonaron los pasos! Enela pidió permiso para ir al baño y la maestra se lo negó: "¿al baño llegando?" *Vendes a Enela*. . . eso decía el recado, la primera línea del recado. . . *vendes a Enela*. . . y los pasos sonaban en el salón, nadie parecía percibirlos más que yo y evidentemente Enela, Enela aterrorizada pidiendo permiso para ir al baño.

"¡Mire, maestra!", gritó Rosi atrás de mí. Señalaba un charco en el piso del salón, abajo del pupitre de Enela. "Mire. . ." Enela desvanecida tenía la cabeza apoyada en el pupitre, la falda empapada y los ojos abiertos, como los de un muerto. "¡Enela!" No respondió al llamado de la maestra. "Rosi, corre a la enfermería."

¿Cómo se la llevaron del salón? No me di cuenta. No volvió en sí. Todo me daba vueltas.

No escuché la broma de papá en el camino. Al llegar a la escuela, bajé del coche y esperé a Enela con impaciencia. El día anterior, respondiendo a la llamada de la escuela, habían ido por ella sus papás y se la habían llevado a su casa. Yo esperaba que fuera algo pasajero. Me prometía atreverme a platicar con Enela de los pasos. Conversé con ella en silencio. No sé, tal vez juntas podríamos oponernos, vencer un destino que no comprendía yo en toda su extensión pero que empezaba a atisbar con desesperanza.

La esperé también las mañanas siguientes. Enela nunca volvió a la escuela. No me atreví a preguntar a la maestra por ella.

Trataba de olvidarla y lamentaba no haber leído todo el recado que alguien había puesto sobre los libros que guardaba en mi pupitre. Nunca supe cómo perdí el papel. Llegando a casa, me encerré en mi cuarto para desdoblarlo y leerlo, pero no lo encontré, ya no estaba en la mochila. Tuve miedo de que se me hubiera caído y lo leyera alguien antes que yo y me culpara en público de lo que yo me sabía culpable, porque sí, yo había *vendido* a Enela, pero, ¿por qué había *necesitado* yo venderla?

"Mirando al león al que había sido entregado como corderillo, le replicó:

—¿Qué haces aquí, bestia feroz? Nada hay en mí que te pertenezca; voy al seno de Abraham donde seré recibido en breves momentos.

De pronto resplandeció su cara como la de un ángel. Él se acercó a sus pies y descansó como una paloma a sus plantas. Pero había llegado la hora de recibir el galardón de sus trabajos. Comenzó a sentir una gran flaqueza y falta de fuerzas y ante los ojos atónitos de los infieles el Santo pasó a mejor vida."

Leía Mother Michael con su acento inocultable, en clase de religión, única que se encargaba de dictar personalmente. La directora cerró el libro de vidas de santos y empezó a comentar exaltada en su media lengua, intercalando palabras en español y en inglés, instándonos a la reflexión, ¡cuánta era la entrega del santo!

Vamos, pensaba, seré cobarde. Entregué a Enela, renegué de Enela... No necesitaba compararme con la carne de los mártires, como lo hacían mis compañeras, para saber cuán poca cosa era... No había necesitado probarme para no pasar la prueba y saber de mis vergonzosas flaquezas. Y sentí más miedo que nunca y los pasos se alimentaban de mi miedo, cebándose con él, de él creciendo, de él engrandeciéndose, volviéndose un monumento de la remordida carne de cañón en que no sabía que me había convertido.

II

No supe cómo aprobé el año escolar. Si intentara apegar lo que cuento a cierta lógica, tendría que decir que, debido a mi historia con Enela, presenté problemas en los estudios. Atormentada, remordida, culpable, castigada con el solo hecho de ser quien era... me debía resultar imposible concentrarme. Pero fue esta ausencia de capacidad de concentración la que me regaló la medalla al mérito, el premio otorgado al primer lugar en aprovechamiento.

Distraída aprendía. ¿Aprendía qué? ¡Quién sabe! No me acuerdo de una sola palabra. No sé ni qué temas. Estaba absolutamente fuera de mí, quién sabe dónde, ganaba los dieces en las materias a fuerza de no estar en ningún sitio, esquivando, guareciéndome en islotes que —como no los obtuve de mi imaginación sino de planes de estudio maquinados por burócratas— se esfumaron, no dejando ni un rasgo al cual pudiera asirme como entonces lo hice. Los temarios me volvían robinsona en islas ignotas por las que paseaba sin compartir con nadie y sin saber cómo volver a tierras conocidas, islas que escapaban al huracán destructor que había asolado mi mundo.

Las "conquistas" (si es que Robinson conquistó) me trajeron la gloria: medalla de plata con el escudo de la escuela grabado por un lado y por el otro escrito en la parte inferior *1963, tercero de primaria*, en el centro mi nombre y arriba grandote *Medalla al Mérito*.

No me la esperaba. No tenía idea del valor de los dieces que obtenía, fruto de la distracción. Cuando llegué a la casa, mis hermanas armaron un gran alboroto, le hablaron a papá a la oficina, le contaron excitadas a Esther cómo había sido la entrega una y otra vez con un zumbar de abejas que no paraba y Jose y Esther se encerraron en el cuarto de los papás mientras Male, la mayor —cuya mochila yo había rescatado de los pisotones— me quitaba el uniforme, me decía palabras cariñosas, me vestía con el traje elegante rosa crema de lana inglesa (propio para inviernos en otros continentes pero sudadera en la tarde clara del Valle de México), zapatos de charol... ¡me puso hasta los calcetines!... cuánto se lo agradecí, todas las mañanas buscaba quien me ayudara a hacerlo porque lo detestaba... Me mimó como una mamá pequeña, me peinó, me acicaló, me puso un moño en el pelo, me cepilló los aretes para que brillaran... No recordaba a su mamá —de la que nunca supe el destino— pero había aprendido a suplirla con ella misma.

Esther y Jose me habían conseguido en el clóset de mamá dos sorpresas magníficas: una gruesa cadena de plata para colgarme la medalla y un par de guantes blancos, de tela delgada y fina, los guantes de la primera comunión de Esther.

Papá no tardó en llegar con un pastel de fresas y betún blanco y un litro de helado de chocolate. Era día de fiesta.

¡Pocos días tan lejanos como aquél! ¡Qué diera por volver a vivirlo! En él —un placer verdadero— culminaba el mullido pisar sobre plumas que había inventado con lo que ellos llamaban "estudios" y que no era más que aturdirme, olvidarme de mí y olvidar lo que había visto en la escuela y en la casa, como contaré ahora. Bajo la capa de plumas no hacía falta ser princesa para descubrir los guisantes, pero era cómoda, aún hoy sería amable adormecerme recitando nombres de capitales, fechas de hechos importantes para la patria, procesos biológicos o no-sé-qués estudiados con tan aparente ahínco, poco placer y nulo interés.

Después de la racha de clases particulares a que nos sometió un viaje a Brasil de Esther y papá (pintura, baile, natación, francés) para llenar nuestras tardes en su ausencia, y de la lógica rebeldía a cualquier clase vespertina que mostramos a su regreso, volvimos las tardes una interminable pista de patines. Ni la bajada empinada de la calle de la casa, ni el rodar de sus ruedas metálicas, ni las caídas constantes conseguidas con nuestra imprudencia me hacían sentir insegura, bailaba sobre ellos sin moverme sabiendo al fin que el precipicio siempre esperado en la punta de los pies quedaba bajo mi control y que el constante vaivén que tenía conmigo no lo traía yo adentro: justificado brillaba en las ruedas de mis patines.

Al lado de la casa, no precisamente en el terreno limítrofe sino un par de casas más allá, había un terreno baldío, compañero de las tardes con mis hermanas. Nos internábamos en él, cortábamos flores que nos regalaban las lluvias: margaritas, violetas silvestres. . . a los girasoles nunca nos atrevimos a cortarlos, eran imponentes como mamíferos.

Digo *mamíferos* porque no les hubiera bastado para defenderse con ser *animales*, los insectos son animales y contra ellos atentábamos impunes, dándoles caza y usándolos vivos (para jugar) o muertos (joyas coleccionables). Ambos (vivos o muertos) terminaban estampados en el fondo de cajas de galletas, sujetos con un alfiler y cera de Campeche.

No los matábamos a golpes: los noqueábamos con éter. Los que no morían por este fino método terminaban ahogados en sopas lodosas que guisábamos —cavábamos en hoyos que a ninguna barbacoa le hubieran parecido deleznables.

Cuando pasaron las lluvias, le prendieron fuego al terreno. Nosotras presenciamos toda la operación. Mis hermanas aseguraron haber visto salir corriendo ratas, lagartijas y (eso decían, pero dudo fuera verdad) serpientes, víboras como las que llegaban a vender a la puerta de la casa los chamacos, sujetándolas con una vara, colas de caballos muertos en legendarios combates, porque ellos ¿vencer víboras?, ¡uf!, ¡qué fácil! Ellos eran capaces de vencer cualquier animal o hasta monstruos si fuera menester. . .

Male y Jose gritaban alborozadas volviendo el incendio un motivo de gozo. Yo, convertida en estatua sobre los patines, una estatua de ojos que veía (oigan bien: *veía*, no imaginaba) sobre las llamas caras llegadas ahí para observarme, caras sin cuerpo, caras con todas sus partes completas. Una de ellas abrió sus labios carnosos para llamarme. Al oír mi nombre todas sonrieron. Apareció entonces en su lugar una multitud comiendo en franco desorden festivo, comiendo *caras*, lo vi, ahí estaba, no era mi imaginación, y mis hermanas, cansadas de pedirme que me alejara del incendio que avanzaba tan rápidamente como rápido avanzaban los pasos *otra vez*, vinieron a jalarme para que las llamas no comieran mi falda o mi cabello.

Cuando llegué a la casa, regañándome pusieron frente a mí el espejo: tenía quemadas las cejas, dobladas y rubias las pestañas de un ojo y la piel enrojecida.

Pensé que me quedaría así, con la cara pelona.

"Parece que le dio un flamazo el horno", dijo mi adorada abuela cuando me vio (¡por fortuna!) esa misma tarde. Chilloteando conseguí que me invitara a dormir y accedieron porque —ellos dijeron así— "estaba muy nerviosa".

III

Cuando me quedaba a dormir con la abuela, vencía con su calor la oscuridad. Nos acostábamos en la misma cama, muy juntas, y la olía y la oía respirar y creía que el ritmo de su respiración era el mío y, no me atrevería a asegurarlo pero creo que era así, soñaba yo su sueño, descansando del mío, de aquel desorden que habitó salvajemente cuando le fue posible el mundo de mis sueños.

Con ella *dormía*. Despertaba después que ella, con la luz bañándome alegre los ojos: nada me había llamado en la noche, nada me había alertado, nada me había dicho *ven*. Se me dejaba estar ahí llanamente, como ahora lo estoy pero tan lejos de mí. Los sonidos no habían llegado a tocarme el hombro.

No pude inventarme de noche un código que agrupara los sonidos a los que les tenía pavor, pero los fui acumulando, armando un diccionario sin definiciones, un léxico auditivo. Seguramente hay un término apropiado para nombrar lo que formé con los ruidos que me seguían por las noches. Pero a ninguno le puse explicación: de ninguno dije "éstas son las puertas del armario crujiendo", entre otras cosas porque también a la puerta derecha del armario le tenía miedo *porque sí*, porque estaba ahí, porque me quedaba cerca de la pierna derecha y la sentía a punto de estallar, abriéndose cargada de lo ignoto. . . No puse definiciones a los ruidos que enumeraré porque las definiciones no me hubieran ayudado en nada, no me hubieran calmado o tranquilizado sino que hubieran enriquecido con más elementos la sazón del miedo. ¡Cuánto más me hubiera alarmado el saber de dónde y cómo procedían!

Había los que me perseguían más constantemente, aunque no eran a los que yo les tenía más miedo. Éstos los escuchaba cuando todavía deambulaban los despiertos afuera de mi recámara; no los quería pero eran hermosos, no me dejaban dormir, tenían el constante carácter de una certeza. . . Eran los ruidos producidos por el piso de madera, eran los insectos estrellándose en las ventanas, tañidos cómo de oro o cobre resbalando por las paredes, pequeños pasos dados con zapatos tejidos, pasos acaramelados. . . Todos éstos eran domésticos, nobles. . .

Después me dormía y los que me despertaban. . . ¡los que me despertaban!, a ésos sí les tenía un miedo sagrado, un miedo sin nombre, sin sabor, un miedo que estaba afuera de mí, que me rebasaba. . . Eran sonidos tal vez más tenues pero mucho más violentos.

Llevo rato recordándolos, tratando de distinguir a qué objeto pertenecían pero no puedo. Los conozco, estoy muy cercana a ellos y no los he vuelto a oír. Tendría que repasar mi casa para encontrar de qué punto salieron, dónde, dónde, dónde, de qué punto de la casa brincaban para alertarme, para hacerme comprender que eran *para mí*, que sonaban para mí, avanzando en la oscuridad y en la oscuridad retrocediendo, tentaleando aquí y allá, tropezándose entre sí sin encontrarme.

Yo sabía que su cacería sin ojos terminaría por no ser infructuosa. Mientras llegaran, aunque me rozaran el cuello o pasaran a un escaso pie de distancia de mis pies, aunque los oyera y llenaran cuanto me rodeaba de ellos, no daban en el blanco, el blanco que era mi corazón antes de que lo devoraran del todo las tinieblas. . .

¿Por qué era blanco mi corazón? ¡Se cuenta en tres frases o en dos cómo me perseguían cuando yo no era más que la indefensa que los esperaba sin poder alejarlos!, se dice con pocas palabras que toda la noche sin descanso me despertaban para acorralarme, es fácil definir: "niña con mucho miedo, padece pánico nocturno porque escucha que se acercan a ella en la noche". . . "¿Qué se acerca a ella? Nunca se lo preguntó, tampoco nunca se explicó en pocas palabras lo que era ella". . .

No sabía qué podía hacer contra la persecución. Más pequeña, me quedaba en la cama o corría a la cama de mis papás para que me dejaran protegerme con ellos, pero papá nunca permitió que durmiera en su cuarto pensando que mis terrores nocturnos eran "payasadas", esa palabra usaba él para definirlos. Algunas noches lograba engañarlos y me quedaba dormida en un tapetito al pie de su cama, pensando que su cercanía era una protección, pero ya más grande, digamos desde los nueve años, dejé de recurrir al tapetito; si no me quedaba en la cama a esperar que me golpearan los sonidos, caminaba por la casa tratando de esquivarlos.

Con el tiempo aprendí a verlos, pero nunca les puse nombre.

¡No vayan a creer que lo que vi fue lo que producía el ruido! La geografía del ruido (alas de grillos frotándose, el caminar nocturno de la perra sobre el pasto, alguna paloma moviéndose, los coches pasando como ventisca en las calles, las hojas de la yuca, las cortinas tocadas por mosquitos, los objetos buscando acomodo tal vez, o tal vez alguno de ellos) no fue lo que *vi*: esa historia me hubiera gustado vivir, la de la descubridora que explorando pudiera matar mis pavores nocturnos.

El léxico sonoro era sólo una pequeña parte del mundo desverbal que inventé o habité de niña. Lo que pasaba por el tamiz de las palabras era el mundo que compartía con los otros: "pásame el azúcar, aviéntame la pelota, tengo frío, quiero comer, quiero más dulce, tengo sueño, no me cae bien la maestra, Gloria es mi mejor amiga, Ana Laura es la más grande del salón, qué bonito camina, no me gusta ir a casa de Rosi, Tinina es muy buena jugando básquetbol, me gusta que papá juegue con nosotras almohadazos, Esther: no me gusta que te encierres en tu estudio, mis hermanas tienen otra mamá que no es Esther, nadie habla de ella en la casa, su abuela no me quiere, a veces la van a ver, oí decir que papá mantiene a la abuela de mis hermanas, pobrecitas, Esther nos llevó a cortarnos el pelo y nos dejó en el salón de belleza, las señoras platicaban de cosas que nunca oigo decir en la casa, me gustaría tener hermanos más chicos que yo, en la escuela todas tienen hermanos pequeños, es muy chica mi colección de oritos, la de mis hermanas es muy grande, el uniforme de gimnasia me parece ridículo, mi bicicleta es roja, los albañiles que trabajan en la esquina cantan todo el día, Inés nos hizo gelatina de naranja, ya no quiero llevar lonch, quiero que me inscriban en la cafetería. . ."

El universo desverbal era mucho más profuso, tenía muchos más habitantes, situaciones, mucho más mundo. . . A cada palabra correspondía un mundo sin verbo. *Tijeras*, por ejemplo, ¿qué son las tijeras? Dos navajas que viven juntas, oponiéndose y en aparente armonía.

Voy a contarles de las tijeras. Estaban prohibidas para las niñas, eran un objeto que no debíamos tocar. Teníamos unos remedos de tijeras a los que sí teníamos acceso: navajas chatas, sin filo, sin pico, mal llamadas tijeras.

O sea que había tijeras y tijeras. Las primeras eran armas de los mayores. Servían para coser, para cortar tela, para el pelo. . . En la cocina había unas gris opaco, grandes, gordas, pesadas, tan características que por ellas se podía decir que había tijeras, tijeras y tijeras.

Las primeras eran las que usaba la abuela, las que usaba mamá. Bastaba crecer para tener acceso a ellas. Eran pálidas, brillantes como las segundas ("tijeras de las niñas"), y tenían —como si fueran arrugas— marca de edad, como las terceras.

Las terceras vivían en la cocina. No tenían dueño, tenían uso: cortar cuellos de pollo, patas de pollo, tijeretear carnes para algunos guisos. No sólo nos estaba terminantemente prohibido tocarlas, sino que yo no hubiera querido tocarlas: me daban asco. Aunque las lavaran, siempre estaban sucias.

Esa noche me despertaron unos pasos distintos, pisadas más agudas, ligeras pero peligrosas. Las oía venir desde muy lejos, algo me advertía que tenía que detenerlas. Dejé mi cama y me fui acercando a ellas. En el comedor de piso de madera algo se arrastraba hacia mí. No le tuve miedo y me le acerqué: ¿qué hacía adentro de la casa la tortuga? La habían traído de Tabasco para que la abuela hiciera sopa el día del cumpleaños de Esther, albergándola en la azotehuela de la cocina para que no la mordiera la perra y no se fuera a enterrar, porque oculta en la tierra no podríamos encontrarla para guisarla.

¿Qué hacía ahí? Corría en el comedor (los niños sabemos de sobra que las tortugas sí corren), corría hacia mí, aligerada por el terror su pesada carga. Me habían dicho que no me le acercara, que podría morderme, recomendación inútil porque no había cómo agarrarle la cabeza; pelona y arrugada la escondía apenas sentía acercarse a cualquiera.

Corría hacia mí y con su cara me tocó al llegar a mis pantorrillas. Me agaché a ella: sus ojos brillaban de pánico y no me llamó por mi nombre ni me pidió auxilio a gritos porque las tortugas no pueden hablar, sólo por eso. La levanté del piso y la sujeté a mí, pesada como era, y seguí escuchando los pasos, los peligrosos pasos que había que detener a toda costa.

Caminé en la oscuridad con la tortuga entregada a mi pecho como una amante indefensa, aterrorizada como yo, y le hablé en voz baja, le dije: "voy a cuidarte, pierde cuidado", le acaricié la concha y la cabeza apoyada en mi hombro, le acaricié las patas ásperas, demasiado cortas, y dejamos de oír el ruido que estábamos persiguiendo. Ni un paso más. Con aplomo, sintiéndome poderosa, llevé a la tortuga a la azotehuela de la cocina. Abrí la puerta, la dejé en el piso, calmada y creo que exhausta después de su larga carrera. Le serví un poco de agua en un cacharrito, cerré la puerta y regresé a la cama, rodeada de un amable silencio.

En cuanto puse la cabeza en la almohada, percibí algo extraño y oí bajo ella un oscuro respirar: la alcé. Bajo la almohada de mi cama estaban las torvas tijeras de la cocina.

¿Qué hacían ahí? Les tuve miedo como los niños suelen tener miedo, una sensación que casi no conocía y en la que no supe desenvolverme. Las tomé con asco, percibiendo su grosero olor, deliberé y terminé por llevarlas a la cocina.

No sé cómo llegué a la decisión, no sé si me ganó el miedo de un regaño (imaginé la escena al día siguiente: ¿qué hacían las tijeras en mi cuarto?, pregunta que formularían de no muy buen modo) o el miedo a las tijeras. Las llevé y las dejé en su lugar, colgando de un clavo en la pared de la cocina. Regresaba a mi cuarto a acostarme cuando volví a escuchar los pasos agudos.

Lo comprendí demasiado tarde. Corrí hasta la cocina pero ya no hubo remedio: la puerta de la azotehuela abierta, la tortuga sangrando con las tijeras culpables, divididas en dos, tiradas en sendos charcos de sangre en el piso. La tortuga ya no tenía cabeza y le faltaba un pie.

Regresé horrorizada a mi cama y no lloré porque tenía demasiado miedo: ¿quién había abierto y cerrado sucesivas veces la puerta?, ¿quién había dejado las tijeras bajo mi almohada y para qué? Como otras noches, me arrulló el tic-tac acelerado de mi corazón.

A la mañana siguiente corrí a la cocina a ver qué habían hecho con la tortuga. Le pregunté a Inés, la cocinera, por la tortuga y, como era costumbre, no me contestó. Siguió exprimiendo jugo de naranja para el desayuno como si nadie le hubiera hablado: para ella no existíamos las niñas.

Traté de abrir la puerta de la azotehuela, pero, hecho natural, estaba cerrada con llave. Entonces Inés dijo: "Deje la tortuga en paz, ya le dijeron que muerde."

Esperé a Esther a la salida del baño. ¿Cómo tardaba tanto en bañarse? Repasaba las partes de su cuerpo pensando qué se estaría enjabonando, tardaba tanto, pero acabé de enumerarlas mentalmente antes de que ella abriera la puerta. Cuando por fin, envuelta en una toalla, salió, le pregunté por la tortuga:

—Ahí ha de estar.

—¿Pero está? —le pregunté de nuevo.

—¿Por qué no ha de estar? —me contestó— no tiene cómo escaparse.

Regresé a la cocina. Las tijeras colgaban serias y oscuras en su lugar, mientras la cocinera me daba la espalda. Me prometí no preguntar más por la tortuga.

El día del cumpleaños de Esther sí comimos sopa de tortuga. Mientras removía con la cuchara, pensaba ¿de qué tortuga estará hecha? No resistí y, rompiendo la promesa que me había hecho a mí misma, pregunté en voz alta:

—¿De qué tortuga es la sopa?

—De río —me dijo la abuela.

—Ya sé que es de río, pero cuál tortuga es.

Se hizo un silencio. Cruzaron miradas de complicidad entre ellos.

—De una que nunca conociste —me dijo Esther.

—¿Y la de la casa? —pregunté.

—Quién sabe cómo, pero se escapó —contestó Esther.

—¿Por qué no me dijiste?

—No preguntaste.

—Sí, te pregunté un día.

—Pero ése no escapó, se fue después. Un día no amaneció. Se fue quién sabe cómo, volando.

Se rio. Y se rieron todos los de la mesa, menos yo. Esta-

33

llé en llanto. Sin control metí el pelo en el plato de sopa, en el despreciado plato de carne con plátanos machos, en el platillo verde que hasta antes de ese día me había hecho tanta ilusión.

Mientras Esther me decía "de qué lloras, cálmate, a ver", mi abuela creyó ser más astuta y dijo "cree que nos estamos comiendo su tortuga, la que desapareció".

IV

Las vacaciones se borran ante el inicio magistral del año escolar. Corría 1964, llevábamos muy pocos días de clase, todavía emprendíamos la búsqueda del útil que faltaba, del libro que la escuela debía solicitar porque no se conseguía en librerías y de la regla de madera que nos había llevado por las calles de la ciudad a corroborar su abrumadora derrota ante la regla de plástico, derrota innoble que Esther lamentaba calificando a la ganadora de "porquería", "cosas de los gringos".

Decía que las vacaciones se borran (aunque no las olvido) porque al iniciar el curso escolar nevó mientras dormíamos, un acontecimiento en nuestra templada ciudad. Esther nos despertó. Pegué la frente a la ventana y la empañé mientras miraba las formas de las plantas del jardín que incansables hacían caravanas al viento y al blanco mortal que las rodeaba.

¡Qué maravilloso silencio! Esther, Jose y Male, con sus abrigos oscuros sobre las pijamas, salieron a tocar la nieve del jardín. Respetuosas pisaban en la orilla, bordeando, avergonzadas de manchar lo blanco. . . ¿Qué sentían afuera en la oscuridad? Yo adentro sentía una paz indescriptible, el silencio por fin, el silencio que yo había esperado todos esos años y que creí imposible. . .

En cuanto entraron, el cable de la luz, vencido por el inesperado peso de la nieve, cayó dando latigazos con chisporroteos pirotécnicos y terminó abrazado, como un niño vencido, al eucalipto que cuidaba los juegos de mis hermanas.

Sólo los de mis hermanas. A los míos los perseguía, a los míos les ponía zancadillas, los engañaba. Pude darme cuenta de muchas maneras. Por ejemplo: mis hermanas hacían collares con la parte superior de las semillas del eucalipto, o alcanfor como lo llamaba Inés, la parte que, suelta del resto de la semilla, tenía forma de un diminuto gorro cónico. Juntaban muchos, los ensartaban y luego los pintaban de alegres colores. Cuando yo intentaba hilvanarlos, se me deshacían: nunca pude armar un collar o una pulsera o siquiera un anillo, porque los gorritos se vencían en mis dedos, se hacían, por su voluntad, añicos.

Yo no era torpe con las manos. Con los pegamentos, tal vez (recuerdo muy bien unas vacas de papel que me dejaron de tarea pegar, para practicar la suma, en una hoja que me entregaron blanca y devolví a la escuela con manchones y huellas de manos sucias que pelearon con necedad, hasta vencer, contra vacas que parecían negarse a ser de papel y a quedar adheridas, prisioneras en representación de sumas), pero digo *tal vez* porque la mayoría de los trabajos que yo me inventaba en la casa *siempre y cuando no los hiciera a la vista del árbol*, me quedaban perfectos o, mejor dicho, a mi gusto.

Disfrutaba pegar, recortar, ensartar, pero no sé si más correr, perseguir. Este tipo de juegos eran los que más saboteaba el eucalipto, pocas fueron las veces que hice (intenté hacer) mi tarea en el jardín para terminar llevándomela maltrecha a mi cuarto o a la cocina.

El eucalipto me hostilizaba de muchas maneras: si en el juego el árbol era el punto neutral, lo que llamábamos la base, al que tocándolo se escapaba de las persecuciones o se conseguía la dicha de ganar, ¡seguro que yo perdía! Porque al llegar al tronco y anunciarlo, todas se daban cuenta de que *yo no había tocado la base*: el árbol se había retirado de mí.

Vamos, sé tan bien como ustedes que un árbol no puede moverse, que un árbol tiene raíces y ahí está, pero ustedes no saben lo que es un árbol decidido a estar en contra de una niña. ¡Imaginen sus hojas clamando a coro odios y venganzas, imaginen sus raíces decididas a llevar la contra, a sus ramas, a su corteza, a sus retoños poseídos de ira! No hay imposibles para un árbol así.

Siempre me negaba su sombra el árbol. De eso hasta mis hermanas se daban cuenta, nos sentábamos a descansar de un juego (o a juntar semillas del árbol, o a buscar tréboles o a cortar hongos en la temporada de lluvias) y escapaba de mí su sombra, siempre y cuando yo la estuviera requiriendo: porque el árbol conocía mi voluntad, leía mis deseos y hacía cuanto podía para perjudicarme.

Sí, yo me sentaba a su sombra y él, como una hermana envidiosa, la retiraba, aunque la sombra perteneciera a la forma natural del tronco y tuviera que quebrarla, aunque tuviera que troncharse en el piso, aunque le fuera doloroso y contrario a él mismo hacerlo.

Tanto llegué a saber de su actitud que una noche, enferma de tos, Inés intentó darme té de hojas de alcanfor para aliviarla. Me negué a tomarlo pensando que el árbol encontraría su mejor ocasión para dañarme.

Por lo que he contado, ver el cable lacerando a mi enemigo fue signo paralelo en bondad al silencio, señas que tomé como jubiloso anuncio de un buen año escolar.

Fue un noble año escolar mi cuarto año de primaria. Pero el silencio terminó al final de la nevada y el cable fue retirado del árbol el mismo día. Fue bueno, sí, me engañó en un principio, me hizo sentir que no había problema conmigo, que yo era como las otras (incluso un blanco menos notorio que las otras) pero toda esta ilusión fue a dar al traste aquel martes que entré al baño a media lección de aritmética.

Mi error, mi primer error, fue ése. Solía andar con cautela en la escuela, sabía que yo me encontraba ahí totalmente indefensa, que no era mi terreno sino un territorio que compartía con seiscientas niñas. Al andar con cautela lo interpretaba como desplazarme en grupo procurando los juegos más agitados, buscando alocadamente divertirme.

Eso, en el recreo; en el salón atendía a la maestra. Más me valía.

Pero el martes que les cuento, saliendo de clase de gimnasia, había permanecido mucho en el bebedero, tanto que se formó una larga fila detrás de mí. Habíamos jugado volibol, era la temporada de volibol en la escuela, y apasionada me había acalorado más que siempre. Quería estar en el equipo que fuera al campeonato. Mi saque era estupendo y no veía por qué no calificar, por si acaso me esmeraba en los entrenamientos como si en ellos se me fuera a ir la vida, concentrada en la pelota y en los gestos del equipo contrincante como si tuviera dos ojos. . . quiero decir: como si mis dos ojos fueran autónomos y supieran mirar para lugares distintos.

Así que me pegué al bebedero. A beber mucha agua sigue directamente pedir permiso para salir al baño a media lección.

Y fui, imprudentemente.

V

Todos los días llevábamos la misma ropa interior a la escuela, yo y mis hermanas, la misma ropa de la misma tienda. Calcetines, calzones y camisetas multiplicados por tres justificaban que Esther le encargara a la abuela la ropa en un viaje especial al centro; ir conmigo en el carro, que no recuerdo quién conducía (mi abuela nunca aprendió a manejar), al estacionamiento de Liverpool —el que tiene bancas de madera en la orilla del pasillo de salida, augurando la interminable espera del automóvil— y de ahí caminando a la tienda de siempre a comprar los calzones y las camisetas en la calle de Uruguay: algodón blanco, moño rosa, azul o amarillo para identificar en la casa de una ojeada a cuál de nosotras tres pertenecía.

La caminata a la tienda era poca cosa, la abuela y yo éramos buenísimas para andar a pie, ella con sus piernas firmes y una nieta atónita que arrastrar por las calles de la ciudad, y yo corriendo irregularmente: si había que rehuir, por ejemplo, al gigante (el hombre de los zancos, Guama creo que se llamaba, traía el pelo largo y lentes, en aquel entonces deambulaba por el Condominio Insurgentes, donde atendía el doctor de mi abuela), apretaba el paso, si quería seguir mirando algo o insistía en que me comprara donas chicas, o más si ya me había comprado, de las que hacían en un pasaje del centro de la ciudad y cuyo olor aceitoso y avainillado bien recuerdo se impregnaba en las narices cuadras enteras, lo disminuía.

Nada del jaloneo que caracterizaba nuestras caminatas podía darse entre el estacionamiento y la tienda de Cherem, porque sólo había tiendas de ropa, a mis ojos idénticas, "malas", según decía mi abuela, por lo que llegábamos con un marcial paso parejo a la laguna del tiempo interminable empleado para que la abuela escogiera lo de siempre, lo mismo del año anterior en otras tallas, los mismos modelos, año con año exclamando "esto me llevo", "buen algodón" o hasta "qué bonito" (lo que me parecía el colmo), ropa que Cherem empacaba en cajas de cartón todos los años mientras discutía su descuento con la abuela, que regateaba apasionada el inalterable 15%.

Un día, no sé cómo, pude convencer a la abuela y llegué a la casa con tres fondos de nailon blanco. Quién sabe de qué argucia eché mano para que olvidara su rigidez tradicional y accediera a mis bajas pasiones resbalando por tamaña ligereza, un bastión de coquetería infantil que las tres niñas festejamos con desfile de modas regalado al espejo del cuarto de mis hermanas, en él tres modelos niñas mostraban moños en la cabeza, peinados que nos parecían fantásticos y el mismo fondo blanco en tres distintas tallas.

El martes del que platico llevaba yo el fondo de nailon en lugar de la tradicional camiseta de algodón de moñito. Lo digo antes de contar lo que me ocurrió en el baño para que se entienda.

Los baños de la escuela eran espaciosos, siempre estaban limpios. Tenían al fondo un enorme espejo, a la izquierda los lavamanos y a la derecha las puertas a los excusados. El pasillo de entrada proveniente del corredor de los salones daba a la pared del primer excusado, la puerta que venía del patio del kínder estaba siempre cerrada. Para entrar desde el corredor había que sortear la pared del primer excusado hacia la izquierda, así se llegaba propiamente al cuerpo de los baños. Para mi sorpresa no se encontraban vacíos. Dos de las mayores (serían de *high school* y no de primaria porque yo no conocía sus caras) jugaban guerras con bolas de papel mojado. Cuando entré no dejaron de hacerlo. Ni me saludaron ni me molestaron, casi ni me vieron. Cerré tranquila la puerta del baño, me bajé los calzones y me senté a hacer pipí. No fue una excepción que me bajara demasiado los calzones dejándolos a la altura de mis zapatos, por culpa de ese gesto a veces los mojaba en casa con el piso húmedo cuando alguna de mis hermanas acababa de salir de la regadera.

Ahora no ocurrió eso, el piso estaba seco. Una mano entró por abajo de la puerta que cerraba mi excusado y, tomándome desprevenida, jaló los calzones en medio de risas. Acabé tan rápido como pude, salí y pedí a las grandes que me devolvieran mis calzones. "¿Cuáles?", me dijeron. "Mis calzones", les dije. "¿Ésos?", señalaron al techo. Bolas de papel empapadas acompañaban mis calzones empapados y también aplastados al yeso, como si éste fuera un piso en el que se les hubiera puesto a secar.

No dije nada. Decidí irme al salón. "Ni quieras acusarnos, porque te irá peor", me dijo la morena. La otra era más delgada y pálida, con escaso pelo que se adivinaba suave llegándole castaño claro a los hombros. "Ni se te ocurra acusarnos", me advirtió.

Claro que no quería acusarlas, quería escapar de ahí. En el pasillo de salida había otra de ellas, otra de ojos brillantes que bajo su suéter de colegiala ocultaba un cuerpo bien formado de mujer. "¿Dónde vas?", me dijo. "A mi salón". "¡Si puedes!", corearon las tres. Y empezaron a perseguirme. Claro, no les era difícil atraparme y . . .¿qué me hacían? Me hacían cosquillas. Si siempre las había detestado, esta vez me hacían incluso detestarme porque arrancaban de mi cuerpo enmiedecido risas que parecían alegres y espontáneas, porque si me hacían sufrir también me daba una dolorosa sensación de que era *agradable*. Como podía, me zafaba y me volvían a atrapar entre las tres grandes, excitadas y maliciosamente silenciosas.

Las bolas de papel adheridas al techo empezaron a caer. Había que esquivarlas para no resbalar en el piso del baño.

Una de estas bolas cayó en mi nuca y escurrió por la espalda. Dejé de prestar atención a las tres grandes. Sentí cómo me ardía la espalda. La pegué a la pared para protegerme, instintivamente, y el ardor se calmó.

Las tres salieron sin que las viera. El baño sin ellas parecía más oscuro. Me quité el suéter y me alcé la blusa escolar: torciendo la cabeza, vi en el espejo mi fondo de nailon, quemado, abierto, con un hoyo grande que dejaba descubierta gran parte de mi espalda. Al levantarme la blusa, cayó la bola de papel empapada pesadamente al piso por su propio peso de agua estancada. Me acomodé la ropa. Busqué mis calzones y no los vi, ni en el techo, ni en el piso. Regresé a la lección de aritmética y traté de poner atención a los quebrados.

VI

E n el fondo portaba la llaga, el estigma. Las tres grandes que habían llenado de luz el baño eran ángeles, la pálida ángel rebelde, la morena ángel del bien, la que se paró en el pasillo era ángel guardián del purgatorio. Mis calzones eran mi alma, con los que sostenían entre ellos la lucha legendaria. El agua que me había quemado la espalda era agua bautismal, incendiando mi fe, ardiendo en mi cuerpo como una llama de sabiduría divina. . .

Buena para mí, la explicación no sería válida en la casa para explicar el hoyo en el fondo. La pérdida de los calzones podría pasar inadvertida, lo del fondo era más complicado. A la hora del baño lo eché al canasto donde acomodábamos la ropa sucia y confié en que nadie se diera cuenta de lo que tenía, idéntico a una llaga, con sus ribetes oscuros.

Tuve suerte. Unos calzones menos en una casa como la nuestra no eran nada, la explicación que le encontraron al agujero del fondo, era un jalón de la lavadora. Comentó Esther: por eso no hay que comprar porquerías de nailon. Yo pedí que me devolvieran la porquería. La quería para jugar. Usando el fondo al revés, con la espalda por delante, el estigma quedaba en el lugar donde el romano clavó su lanza. Pinté la orilla del hoyo con crayón oscuro, me inventé con una rama una corona de espinas sin espinas, intenté una aureola con un gancho de metal pero no me sirvió de nada porque mis hermanas no quisieron participar en el juego de santa y mártir.

A mí me gustaban las vidas de santos que nos compraban en la casa en lugar de los *comics* (como llamábamos a las tiras cómicas o revistas de historietas) que solían leer otras niñas. En cambio mis hermanas opinaban que eran aburridas, en cuanto podían se compraban a escondidas archies, supermanes, pequeñas lulús, títulos prohibidos en la casa, y no leían ni la portada de las *Vidas ejemplares*.

Yo las devoraba. No que disfrutara leerlas, no, para nada, pero las seguía apasionada, tanto o más que los otros libros que me llevaba papá.

Como no tenían éxito en la casa, después de leerlas se las prestaba a la abuela. Cuando la visitaba me las volvía a leer o me contaba sus historias mientras con el gancho uno Rita confía el deseo de hacerse religiosa a sus papás, con el gancho dos no le dan permiso porque ya son viejos, con el gancho tres no sabe si cumplir su deseo o apegarse a la voluntad de sus papás, con el gancho cuatro obedece a sus papás, con el gancho uno la casan con un hombre duro que la maltrata y la golpea, con el gancho dos Rita no se lamenta, soporta todo siguiendo el consejo de Jesús, con el gancho tres afuera de la casa es también un hombre colérico, con el gancho cuatro pelea con los hombres del pueblo y lo matan, vuelta al uno, tejía hermosos manteles blancos para cuando nos casáramos, yo, mis hermanas y mis primos. Ahora, aunque, mi abuela compartiera conmigo la admiración a los santos, ni se me ocurrió proponerle que jugara al estigma que los romanos habían impreso en mi cuerpo, así que después de jugar una sola y aburrida vez con mi fondo, lo guardé en mi cajón, junto a los lápices de colores.

Un día le amarré un lacito e hice con él una bolsa de vagabunda para coleccionar piedritas del patio de la casa de al lado.

(Siento que me rodean por todos lados cabos de recuerdos que he invocado al contarles mi historia a ustedes. Todos ellos se apresuran, *piden mano*, como si fueran niños, gritan "voy yo primero" y no sé a cuál de ellos tomar, temo que alguno en represalia salga huyendo y decida no volver. Los sermoneo: "recuerdos, tengan paciencia, permítanme tomarlos uno por uno para considerarlos más gentilmente. . . comprendan que si llegan en el momento oportuno lucirán mejor a mis ojos, reventarán dejando libres todos los tesoros que esconden en su lomo de yeguas cimarronas".

Entonces, jalando un cabo para tejer con la siguiente historia, el recuerdo elegido sonríe. ¡Me hace feliz su sonrisa! Creería que me quiere, que conforme pasa por mí y me recorre, siente cariño por la que un día [cuando participaba en la anécdota] lo conformó.

No imaginé, al decidirme a contarles esto y a inventarlos a ustedes para que fuera posible hablar, para que teniendo interlocutor tuviera yo palabras, la dicha que mis recuerdos me iban a regalar. Si exagero un ápice el esplendor de mi júbilo, podría decir que vivo de nuevo.

Los otros, los recuerdos que no elegí para que tomaran su turno, fieros, sin cara, se acercan a mí por la espalda a burlarse de la soledad en que habito, de la opacidad, de la tristeza. No me importan sus burlas, porque pronto, si ustedes me tienen paciencia, se convertirán en sonrisas bondadosas.

Así, el encierro que padezco me resulta *cómodo*. ¡Nunca lo hubiera creído! Cómodo, cálido, propicio. Sólo aquí puedo hilvanar con tanto placer mi historia sin que los recuerdos sean interrumpidos al convocarlos porque no *pasa* aquí nada más que su presencia.

¡Lamento no poder retener a un tiempo cuanto aquí recito, no poder resentir [volver a sentir] hiladamente cuanto he querido marcar en sus oídos!

¿Ustedes lo recuerdan? ¡Difícilmente! Para ustedes, ¡una historia más!, tienen tantas con las cuales entretenerse. . . Los envidio. Yo no tengo más que recuerdos y lo que imagino pude haber vivido entre esos recuerdos.

Si pudiera escribir lo que recito y luego pudiera dedicar la eternidad a leerlo. . .)

Las piedras que "coleccionaba" en casa de los vecinos eran pequeñas, blancas y las ponían para decorar la jardinera que vestía la fachada de la casa.

Era una aventura coleccionarlas porque no quedaban a nuestro alcance y porque eran piedras de "crianza", piedras de "raza" y no piedras callejeras, por lo que nadie debía vernos cuando las tomábamos.

Esto no era difícil en la colonia.

Ya en la casa, lavábamos las piedritas tallándolas con un cepillo de dientes viejo y las usábamos para jugar: fichas de serpientes y escaleras, adornos en las maquetas escolares... Me obligaron a repetir un trabajo porque llevé los cuerpos geométricos en plastilina (un cilindro azul, un quecosaedro o algo así amarillo y un cono verde) decorados con piedritas.

El adorno debió parecerle demasiado ecléctico a la maestra: una mujer de abundante cabello rojizo con un tupido fleco, que solía traer un enorme moño del color de su vestido arriba de una cola de caballo restirada en la coronilla.

Era baja de estatura (algunas de sexto eran de su tamaño), vigorosa y enérgica. Todavía recuerdo la cara que puso al ver las figuras:

"¿Qué le pasó a tu trabajo?, me dijo entre reclamando y preguntando.

Yo no veía qué le había pasado. "¿Le dio sarampión o le cayó basura en el camino?" Si me había aceptado un tablero (e incluso felicitado) aunque traía Brasil escrito con zeta (claro, las enciclopedias de la casa, escritas en inglés, así lo traían, y la zeta fue lo único que saqué de ellas porque leerlas me dio flojera)...

Las piedritas en las figuras de plastilina, en cambio, fueron duramente rechazadas: hube de tirarlas en el basurero del salón, a petición de la maestra.

¡Qué humillación! Aquellas piedritas pescadas en jardinera ajena, acarreadas en el corazón de un fondo santo, fuente de muchas alegrías (los juegos que ya mencioné y otra mucho mayor que se verá), no tenían ningún futuro en la escuela.

Mis hermanas y yo inventamos trazar territorios con las piedritas blancas: hacíamos en el piso o en el jardín mapas de tierras inexistentes, en el centro de los cuales nos coronábamos, en fastuosas ceremonias, reinas del país que delimitaban. Las coronas eran pelucas doradas o plateadas de plástico, adentro de las cuales nuestras cabezas sudaban gozosas su exasperada belleza. Subidas en los tacones de Esther, recitábamos loas hegemónicas como pudorosas imaginaciones del poder que representábamos en nuestros respectivos reinos. Nunca lució tanto ceremonia alguna de coronación como aquella en que me coronaron reina de mi propio reino, subida en una silla bamboleante sobre la cama y cubierta con la sábana. Con las almohadas amarradas por un lazo a la cintura, mis hermanas habían hecho alrededor de mi delgado cuerpo un vestido expandido sin necesidad de miriñaque. El fondo de nailon (andrajo para estas alturas) colgaba haciendo las veces de cola del traje imaginario. ¡Qué gloria la mía! Desde mis alturas contemplaba los límites blancos de mi territorio, hasta donde la peluca holgada y sin ajustarme las sienes malamente lo permitía: bordeando la cama las piedritas trazaban una *o* deforme. Male había pedido a Esther dos pastores del nacimiento: hincados desde allá abajo, los dos implorantes extendían hacia mí sus brazos. Cerca de ellos dos patos demasiado blancos miraban respetuosos, sin alejarse del espejo sustraído a la bolsa de Esther, lago del cual los patos abrevarían su linaje de barro...

"¡Aguas!" "¡Te caes!" Así acabó el juego. No llegué a caerme, bajé apresurada y me despojé de mis reales vestimentas, porque Inés ya nos llamaba al baño, y luego en el vértigo doméstico, a cenar enfrijoladas rociadas con queso, rellenas de pollo deshebrado.

Del tinglado de mi reino sólo retiraron la silla e hicieron la cama; antes de dormirme reacomodé algunas piedritas que se habían movido de su cerco. Cuando cerré los ojos en el centro del territorio bordeado por las piedras, noté el silencio que me rodeaba, un silencio bruñido por un silencio distinto a la tranquila ausencia que denotara el de la nevada: no escuchaba a los mayores que todavía deambulaban por la casa y no escuchaba tampoco los ruidos que precediendo los pasos resonaban en la enorme campana de la noche. . . En el centro del territorio inventado por casualidad en un juego, lograba escapar (¡por fin!) a la oscuridad dolorosa que terminaría por rodearme.

Las piedras de *pedigree* me cuidaron silenciando la casa toda la noche para que yo durmiera. La pura costumbre (de los sonidos) me despertó en la madrugada. La casa estaba en silencio. Me levanté de la cama y salí de mi cerco de piedritas: el ruido seguía como siempre, los pasos y el resonar del caracol de miedo continuaban su incansable actividad. Brinqué al islote de silencio y, en la cama, feliz, cerré los ojos. Mi pesadilla tenía remedio.

Las noches siguientes, como lo han de imaginar, coloqué las piedritas blancas alrededor de mi cama. Olvidaba todo: lavarme los dientes, llevar la tarea a la escuela, poner agujetas en mis zapatos, contestar la pregunta número cuatro (o cualquiera) en un examen, pero no olvidaba mi redentor cerco nocturno. Entonces me distraje con dicha en el paraíso del silencio, me deje ir como cualquier niña en el puro gusto de la infancia, cambié los dieces por ochos y sietes en mi libreta de calificaciones, me atrevía a ir a jugar a casa de amigas si me invitaban y noté que a nadie en la casa le extrañaba mi cerco de piedritas. Por las mañanas, la muchacha encargada de la limpieza las barría y las echaba a la basura. A nadie le importaban más que a mí.

Unos días tomados al azar en el calendario, fuimos las tres niñas a Cuernavaca, a un hotel que Esther calificaba como *delicioso* llamado Los Amates porque en el jardín había un par de esos enormes árboles. Manejaba el hotel un hombre llamado don Alfredo, nunca oí cuál era su apellido o no lo recuerdo. El mesero que nos atendía en el comedor se llamaba Primitivo, los cuartos eran pequeños e incómodos, a pesar de la caldera la alberca nunca llegaba a entibiarse, pero Esther era feliz en sus interminables pláticas con el regente del hotel.

Don Alfredo escribía poemas. Tenía uno a los sauces huejotes que se veían desde la terraza, otros al pueblo en que vivió de niño. Casado con una mujer judía, se había separado (nadie hubiera dicho *divorciado* en mi casa) quién sabe cuándo. Con ella tuvo una hija que sería (así lo calculaba papá) más o menos de la edad de Esther.

Mis hermanas y yo corríamos en el pasto, jugábamos barajas, serpientes y escaleras, turista, entrábamos y salíamos de la alberca. . . hacíamos cuanto estaba a nuestro alcance para romper la nata endurecida de la tranquilidad del lugar. El hotel parecía estar siempre sin huéspedes. En las noches, aunque yo sacudiera, como campana en la oscuridad, mi entrenado oído, no parecía escucharse nada más que el viento, cuando lo había.

En "Los Amates" nunca ocurría nada. Daba esa garantía y es probable que por eso (sin restarle importancia a su amistad con don Alfredo) lo escogiera Esther. No pasaba nada, no pasaba nada. Hasta el sol que a medio día en el resto de Cuernavaca parece un golpe, un brinco de luz, un sobresalto, ahí caía blando, tierno, de reojo, como por casualidad. Pero esos tres días se apareció un personaje insólito para nuestro mundo, una niña que aunque era de la edad de Male ya era mujer y no digo mujer madura sino una niña podrida: triste y perfumada como fruta pasada, con los ojos pintados como si hubieran estado más tiempo del necesario al espejo, fumaba y en su tierno cuerpo de trece años traía colgando como garras (no me refiero a las de las extremidades de los animales sino a las garras de *ropa desgarrada*) sus atributos de mujer: sus pechos, sus piernas largas, y la cintura, que a sus

49

trece años todavía no cobraba forma, respondía a la de una mujer ligeramente subida de peso, no a la sabia uniformidad del tronco de las niñas. Quería hacer creer al mundo que era una mujer *insatisfecha*, siendo que más bien era una *niña* insatisfecha, una niña a la que mamá (oí decir en el estacionamiento del hotel "ahí va la borracha") no había besado, no había acariciado. Acabada sin haber crecido, parecía buscar: en realidad no quería encontrar porque no creía que nada pudiera encontrarse, ni la muerte.

Un mediodía me le acerqué cuando se pintaba las uñas con una displicencia de mujer entendida, como si de sobra lo supiera hacer. Acerqué la cara a sus manos hablando no sé de qué y vi sus manos manchadas de barniz y las uñas mal pintadas: daba de brochazos aquí y allá, sin tino.

—¿Qué haces? —le dije— te estás pintando mal.

Me miró fijamente, con su par de ojos claros que parecían no poder clavarse en ningún sitio.

—¿Sabes cómo me llamo?

—Sí

—¿Y sabes a qué palabra se parece mi nombre, verdad?

No me atreví a decirle que no. Ahora, como no lo recuerdo, tampoco me dice nada. Me contó entonces un chiste sobre Cristo en la cruz y la Magdalena haciéndole no sé qué cosas que no entendí, ni supe qué debía hacer gracia, y luego de reírse y obligarme a reír con ella por la mirada que me clavó (de bicho, de cucaracha, de mosca embarrada en mierda), dijo: "Tú qué entiendes, ni debieras preguntarme por qué me pinto así las manos, ¿o no lo sabes?"

Si no me atreví a confesarle que su chiste no había podido traspasar el cristal de lo que llamarían mis papás mi *inocencia*, sí le confesé que no sabía para qué se pintaba tan mal las uñas. "¿No te sale, o qué?" Me contestó que era —no recuerdo qué palabra usó— para engañar, para que no le reconocieran las manos, o eso entendí, y pregunté: "¿Para qué quieres que no te reconozcan?"

50

Me tomó entonces de las dos muñecas y, jalándome hacia ella, levantó su mano derecha y la pegó en mi tetilla de niña, separando el traje de baño para tocar mi piel. Pellizcándome suavemente el pezón, me dijo en la boca, boca sobre boca como un beso de palabras: "Hago lo que puedo para salvarme". Se separó de mí.

El tirante del traje se me había caído, bajé la cara y vi en mi pecho la roja marca del barniz de uñas, en el sitio de mi corazón, nueva —brutal, dolorosa— marca del estigma. Ésta no quería conservarla. Corrí por el jardín hacia la alberca donde nadaban y jugaban mis hermanas. Me eché en el agua y nadé hasta que no quedó marca en mi pecho de la roja costra de dolor de su áspera caricia.

Entonces la carretera de la ciudad de México a Cuernavaca me parecía muy larga. Ahora me doy cuenta, al recordarla, que era corta y fácilmente definible. Aquella vez que hice el trayecto de regreso, con Esther al volante y nosotras tres felices de volver a casa, las cuatro cantábamos mientras yo pensaba: ¿qué me quiso decir?, ¿de qué se tiene que salvar? Saqué de la bolsa de Esther su espejo y me vi la cara: mis ojos eran oscuros, mi piel era limpia, mi cara no se parecía a la de ella. ¿Debía pintarme las uñas?

Le pregunté a Esther:

—Oye, Esther, ¿me pintas las uñas en la casa?

—Las niñas no se pintan las uñas.

—No sé si se las pintan, Esther, pero yo quiero pintármelas.

—No está bien.

—Es que. . .

—No.

Cuando Esther decía "no", lograba convencernos, más eficaz que mamá autoritaria, sin hacernos ceder. "Se lastima la cutícula. Se ve feo. El barniz no deja respirar las uñas. Es incómodo. Se ve mal. No."

Y con ella dije: "no, no debo pintarme las uñas".

Llegando a la casa, convencí a Male para que me acompañara por más piedritas a la jardinera de los vecinos. Digo convencí porque estaban aburridas de las piedritas, habían tomado afición a un microscopio para el que pasaban horas destripando y cercenando todo lo destripable y cercenable, y las piedras, como no se veían en el microscopio, habían dejado de tener todo interés.

De Cuernavaca traían un botín maravilloso para teñir y observar durante varios días, y nada más que eso parecía interesarles.

Male, de todos modos, generosa como siempre conmigo, me acompañó, para mi desgracia inútilmente. Los vecinos habían retirado las piedritas de la jardinera, habían quitado la tierra y las plantas que la adornaban.

Un par de albañiles preparaban un andamio para remodelar drásticamente la de por sí horrorosa fachada.

Les pregunté por las piedritas. "¿Cuáles?", me contestaron. Male se las describió y ellos dijeron alzando los hombros que no tenían ni idea. Regresé a la casa atribulada y temerosa, mientras Male trataba de convencerme de que no importaba tanto y me recitaba las mieles de lo que veríamos al microscopio.

Las noches, con sus uñas afiladas, regresaron burlonas a perseguirme.

Bastaba cerrar los ojos (no digo ya dormirme) para que los ruidos y los pasos atormentándome subieran su volumen. No había con qué suplir el efecto protector de las piedritas. Probé varios efectos y sólo gané regaños por tirar en el piso brillantina, bolas diminutas de poliuretano, borra... también acomodé una hilera de popotes, galletas y los patines míos junto a los de mis hermanas.

Todo fue inútil.

VII

E l teléfono de mi abuela era 16-19-50. El de la casa,
mucho más sencillo, era 20-25-30. La irregularidad
numérica del de la abuela debía ser lo que provocaba que, al
intentar recordarlo, no atináramos en todos sus números, ni
las muchachas que trabajaban en la casa, ni mis hermanas,
ni yo, que siempre me creí de buena memoria. Mis hermanas alegaban además con vehemencia que el número de la
abuela había que buscarlo en la sección amarilla del direc-
torio telefónico, siendo que estaba reservada a los comercios,
industrias, profesionales, servicios y productos y la sección
blanca era la reservada para los particulares. La vehemencia
con que mis hermanas defendían la consulta en la sección
amarilla se debía a un anuncio que pasaba en la televisión,
hecho con dibujos animados, como para niños.

Los anuncios eran inextricables. Mientras un coro de mujeres cantaban "consulte (aquí hacían una pausa) la sección
amarilla", un solo trazo dramático unía a los chinos con la
avena o cualquier otro par de elementos fortuitos, y sus figuras animadas nos instaban a apropiarnos de la sección amarilla, debíamos usarla siempre que tuviéramos alguna duda
telefónica aunque sus hojas delgadísimas se doblaran al contacto con nuestras manos, se hicieran abanicos, se rompie-
ran. Los comerciales eran para niños y si su mensaje tocaba
más allá de nuestros hombros no era de extrañar: tampoco
entendí nunca las caricaturas del gato Félix, ni —muchísimo
menos— los parlamentos de un personaje llamado Chabelo,
interpretado por un actor adulto, grande y gordo, disfrazado
de niño con pantalones cortos y camisa de marinerito, como
de moda española, con dicción de niño chiqueado o consenti-
do, que hacía gala de algo que a mis ojos de niña se debía

ocultar a toda costa aun a riesgo de parecer fatuo: la tontería. No era sólo su pésima dicción, era también su manera de hablar, la ropa que traía... por nada quería yo verme torpe y ridícula, como el pobre Chabelo: cambiaba de dirección nuestros anhelos, antihéroe en la televisión, hacía gala de las debilidades más execrables de los infantes (¡hasta hacía berrinches en público!). Si lo veíamos era porque representaba al niño indefenso que podía defenderse (por sus dimensiones), al niño bobo que era amado por serlo... No tenía que ver con el mundo prometido y buscado, no me era simpático ni comprensible, pero lo veía, como muchos otros niños, con su aglutinada indefensión, su masa descomunal que poro a poro decía soy niño y soy menso y quiero que me quieran y si no me quieren les doy *un catorrazo*...

Todo esto viene a cuento por un recuerdo que quiero narrarles. Corresponde a algún año anterior al de la historia del fondo, al de la medalla e incluso al de la historia de Enela, probablemente a 1962.

Un domingo por la tarde, Juanita, recién llegada a trabajar en la casa, se quedó con nosotras mientras Esther y papá fueron a ver torear a Manuel Capetillo con un amigo "intelectual" que tenían. Así decían ellos, decían "don Pedro Vázquez Cisneros es un intelectual" sin que yo entendiera qué querían decir con ello: el hombre no era joven, con su larga barba entrecana y el pelo desordenado se sentaba a fumar pipa en un sillón que no tenía ninguna presencia en la casa, que no se notaba más que cuando don Pedro venía a presumir sobre él su boina gris que quién sabe por qué no se quitaba, a lo mejor porque era calvo o a lo mejor porque intuía cuán codiciosamente se la envidiábamos, pero lo dudo, no creo que tuviera ninguna intuición acerca de nosotras, no teníamos para él la menor importancia. Por este "intelectual" sentían Esther y papá un afecto fervoroso, pronunciaban su nombre con devoción profunda y el apelativo que le habían endilgado, y lo escuchaban hablar boquiabiertos, respetuosos, como oyendo un sermón en la iglesia. Poco después de sus visitas aparecieron en los vidrios de los coches unas calcomanías azules con un pez dibujado y el lema *cristianismo sí, comunismo no* que no sé quién se encargaba de pegar en los cristales de los comercios y de los automóviles.

En la voz de Esther y papá (no sé si en sus caras, estacionaban el coche y nosotras íbamos sentadas en el asiento trasero) percibí, si no la misma clase de admiración que sentían por Vázquez Cisneros, sí el mismo volumen de admiración, cuando, a la salida de la panadería Elizondo, identificaron a Elda Peralta cargando su bolsa de pan, y no era por ella el tono de admiración (llevaba zapatos bajos, una falda de lana gris y un suéter rosa clarísimo, iba discreta, o así la vi yo, como cualquier señora, como mi mamá, ni más delgada ni más alta, con aquellas faldas que no permitían abrir mucho las piernas pero que tampoco las obligaba a pequeños pasos coquetos), sino por el hombre con el que estaba ligada, un escritor (¿se llamaba Spota?), uno de esos seres míticos en los que papá creía ver la férrea voluntad que él no tuvo para dedicarse a las *humanidades*, como creía haber querido, porque él se dejó convencer por la familia de que debía estudiar algo con futuro económico, algo que le garantizara parte del banquete, del atracón que la época iba a darse con la magia de la química: los chocolates hechos de casi nada, las gelatinas que el aire solidificaba, las salchichas incapaces de pudrirse, los polvos colorantes y saborizantes que encerraban en frascos de cristal la posibilidad de cualquier golosina e incluso de cualquier alimento, bocados de riqueza, pero no solamente de eso, también de confianza en las capacidades de los hombres, ebrios de un nuevo renacimiento que envenenaría el aire, los ríos, los mares, los pulmones de los trabajadores de su industria y más pulmones, como si esos no bastaran: los de las poblaciones aledañas, los de las grandes ciudades. Pero antes de ver su efecto devastador, copiaban patentes e inventaban otras que llenaran de una nueva nación nuestro hasta entonces aire claro. . . No sabíamos entonces que los peces salían en busca de agua de los ríos, con las escamas escurriendo aceite, ni que las selvas eran cadáveres de selvas, ni que el mar arrojaba a la costa espumarajos de detergentes y oscuras manchas de petróleo. . .

Pero los abrumo con discursos que he tratado de comprender y emular seducida por la visita que hice a casa de Raquel, hace mucho, ya en la condición que tengo. . . Fui comisionada (por decirlo de algún modo) a su departamento. ¡Me sentí tan bien rodeada de libros y de cuadros, de notas y libretas, de perros y de la luz que entraba empantanada, por la ventana!. . . Raquel se ponía y se quitaba los lentes al oírme pasar cerca de ella hasta que dejó de alzar la vista a mis pasos. . . "¡Raquel Tibol!", le dije por su nombre y apellido. No prestó a mi voz la menor importancia. Entonces fui llamada a dejar su departamento. Y no que Raquel pensara en nada de lo que aquí cuento. Seguramente su padre no fue un industrial ni la inquietaba el cambio de la arena en chocolate o de los huesos de vacas muertas en salchichas. . . Pero Raquel no supo de mí *porque nunca dejó de pensar*. No le hice mella como no quiero hacérmela al contar lo que aquella tarde ocurrió en mi casa.

Jugábamos en el jardín, como si nunca se fuera a acabar la tarde, hasta que mis hermanas —quién sabe por qué movidas, yo no sentí viento alguno que pudiera alterar el desquehacer en que estábamos, abstraídas ante una libélula suspendida en el aire inmóvil que nos acompañaba tornasolada, a veces azulosa, impecable aleteando sin desplazarse, mascando (como una goma de mascar) su lugar en el aire del jardín, rumiando sus alas, tan hermana de nosotras como nosotras de ella— me llevaron a la televisión. Encendimos: apareció la corrida de toros, no desde donde la veían Esther y papá sentados, como todos minúsculos, vencidos por la desmesura de un ojo padre, de un ojo omnipotente, lejano o cercano según le conviniera. La pantalla parecía a punto de reventar con tanta gente, con tanto ole y tanta sobrexcitación que se adivinaba en la multitud.

Por más que le daba vueltas (a mi cabeza, claro, me cansé de ver el techo y de contar los puntitos de tirol) no encontraba mejor juego que el aburrido estar buscando entre las manchas quiénes de ellas podían ser Esther y papá. ¿Pero cómo saber quiénes eran? La televisión reproducía a blanco y negro, no sólo Esther y papá llevaban sombrero, todas las cabezas lucían idénticas. Leía los anuncios en las barreras una y otra vez y hubiera querido hacer cualquier cosa antes que estar sentada mirando la pantalla.

Pero seguíamos frente al televisor, mis dos hermanas, tan aburridas como yo, y Juanita, supongo que muy joven, blanca como una cüija, egresada de la escuela de capacitación de trabajadoras domésticas que tenía el Opus Dei. Era (no encuentro, de veras, mejor palabra para definirla, ni término más mesurado) un asno, la pobre Juanita. No sabía guisar (en la escuela de capacitación la habían convencido de que lo que ella hacía en su casa no era "guisar"), no sabía barrer, o eso decía, porque quería usar la aspiradora también para el jardín y la terraza, y mostraba en una rara afición su inclinación de carácter: era aficionada a la licuadora, a la que prendía para jugar, vacía, bien acomodada, puesta la tapa de hule sobre el vaso, y le jalaba hacia arriba la palanca de controles para oírla "cantar", según me dijo la misma Juanita.

Ella sí se concentraba en la corrida de toros, Male, Jose y yo —no sé quién de las tres empezó— subíamos la escalera de palabras escapando como ligeras equilibristas de la aburrición:

—*tequila*
—*lápiz*
—*pistola*

—*lamer*
—*mercado*
—*dormir*
—*mirador*
—*dorado*
—*dominó*,

la última sílaba de una palabra debía ser la primera de otra no pronunciada antes en el juego. Era mi turno recitar una que empezara en *dro* (tendría que ser *dromedario*) cuando vi cómo Juanita, sin darse cuenta, apoyaba su mano en la aguja del bordado que por error no le habían extirpado —quiero decir ni la habilidad ni la afición— en las clases de su escuela de "capacitación". Vi claramente la aguja cruzándole la piel y a Juanita con la mirada pegada a la pantalla mientras con el brazo continuaba empujando su mano para que la aguja entrara más adentro. . .

—¡Te va!
—¡Te va!
—¡Pierdes si no contestas!

Pude decir, señalando a Juanita "¡alza la mano!", mientras a mis ojos y a los de mis hermanas la aguja lenta, inexorable, seguía entrando hasta asomarse del otro lado de la palma limpia, sin gota de sangre. Male le alzó la mano a Juanita: palma de madera, revestimiento de estuco: una santa traspasada, una aguja picando carne incorpórea, engendro de abstinencias, ayunos y silicios.

Corrimos al teléfono a hablarle a la abuela, marcando equivocadas 16-*17*-50. Contestó un hombre que me recriminó mi error alertándome a tener cuidado, un hombre de voz opaca que adiviné gordo, pesado, sin duda triste. "Disculpe". Empezó la discusión con mis hermanas sobre si buscábamos el número en la sección blanca o en la amarilla, hojeando primero con cuidado las hojas imposibles, llenas de letras: un lenguaje en clave acerca del cual las tres polemizábamos sin tener el menor atisbo de su funcionamiento, hasta acaloradas terminar por arrugar y romper las hojas impasibles.

Juanita nos había seguido. Frente a nosotras agarró con los dientes el ojo de la aguja y tiró para sacarla completamente limpia, como si en lugar de entrar en carne hubiera traspasado tela.

Las tres nos miramos, juraría que con el mismo golpe de ojos, sin parpadear, cómplices de algo incomprensible.

Cuando llegaron papá, Esther y don Pedro, nos encontraron bañándonos en la tina (Male y Jose me bañaban y me peinaban a la vez, intentando sujetar en mi cabello empapado unos tubos rosas y anchos de Esther que mi papá le había traído de Estados Unidos con la innovación de ahorrar el uso de pasadores para sujetarlos, ya que tenían una especie de molde, de plástico también y de su mismo color, que detenía el cabello a su redonda forma), mientras Juanita, absorta en la cocina, escuchaba sin pensar su concierto preferido: suite para licuadora y mesa de madera. Era tanta la inundación que provocamos que casi se le mojaban los zapatos a Juanita sin que se diera cuenta.

A la mañana siguiente, Esther empacó a Juanita en el camión de vuelta a Michoacán a la misma escuela de capacitación, seguramente a que tomara más cursos que le enseñaran a no hacer nada, a despreciar todo cuanto era su mundo con mayor perfección.

VIII

E l lema de mi escuela era *serviam* (el himno decía: *serviam, forever serviam, though life may lead us far away*). Hasta el cansancio nos repitieron que *serviam* quería decir servir, emplearse en la gloria y veneración de Dios y estar al servicio del prójimo.

La palabra venía escrita en la parte inferior del escudo de la escuela que convivía con nosotras diariamente en las blusas blancas y los suéteres grises del uniforme; verde y dorado, bordado grueso como un bulto, sobrepuesto como un segundo corazón de bondad inflexible. Fue a sugerencia de Esther que se hizo en la escuela un concurso de dibujo de las interpretaciones posibles al lema de la escuela.

Ésta no era la primera intervención de Esther, ahora había metido mano por indignación, como otras veces: las monjas, las mothers, las sisters o las madres (dependiendo de cuál se tratara) habían permitido a la maestra de quinto (mi maestra) convocar a un concurso de muñecas: ganaría la niña que llevara la más bonita. A Esther le enojó muchísimo la idea: ¿para qué premiar algo que no quedaba en la voluntad de las niñas sino que era algo adquirible en una tienda? Todas las niñas (exceptuándonos, porque en señal de la protesta de Esther llegamos con las manos vacías) llegaron con muñecas flamantes a competir por la más cara, la que nadie había visto, la con vestido de Portugal, la traída del país más remoto, la que tenía vestido de firma.

Las muñecas desfilaron ante los ojos de las maestras que se habían elegido jueces del concurso, viéndolas posar en las manos de las dueñas que nunca las habían jugado, que no les habían cambiado la ropa ni las habían arrullado ni las habían peinado para que tuvieran oportunidad de ganar.

En protesta activa, Esther propuso un concurso en que valieran las habilidades de las niñas y no "el dinero o los viajes de sus papás". Habló con la madre Gabriela (como era cubana no era mother, como era vigorosa e inteligente no era monja) y la convenció: "sensibilidad", "inteligencia", "trabajo, el valor del trabajo", ¿qué más argumentos usó? Esas palabras oí mientras hablaban en la terraza soleada y Esther le entregaba un dibujo que le llevaba de regalo porque la quería mucho: quién sabe cuántas horas habían hablado sin que yo las viera, pero sí se querían mucho.

La representación gráfica de *serviam* nos abrió —a mis hermanas y a mí— por una sola tarde el estudio de Esther.

El cuarto era muy amplio. Lo primero que llamaba la atención al entrar era la luz: un ventanal enorme al fondo, dos tragaluces en el techo, ventanas en las tres paredes, un espejo largo, vertical, en el que podrían reflejarse dos personas si una se paraba en la cabeza de la otra, tan largo como lo era la pared y casi topando el techo, volvían al cuarto una fuente de luz que yo describiría (ahora que la recuerdo) como *científica*, una luz que parecería poder mirarlo todo. Olía a las ramas del eucalipto, adornaban con su fragancia transparente el campo abierto del cuarto, el cielo interminable que azul se confundía en el estudio con el aire de nuestra ciudad, dejando ver volcanes y montañas.

Nunca habíamos entrado al estudio. Lo observé con el mismo sentimiento con que observé el corazón de la rana en el cuerpo abierto en vida del animal drogado, tiempo después, en el laboratorio de la escuela: yo sabía que el corazón existía, pero verlo, verlo era otra cosa: yo sabía que el estudio existía, pero verlo era otra cosa. Ninguna fantasía era igual a la realidad, ninguna representación era igual, yo había visto hasta el cansancio imitaciones del corazón (gráficas, plásticas) y había visto también fotografías del estudio de Esther, de fragmentos del estudio de Esther, que no me habían dado ni idea de cómo sería.

Como queriendo arrancar nuestras miradas, rapiña en su claro estudio, Esther apresurada sacó enormes hojas y estuches interminables de colores para que dibujáramos lo que quisiéramos creer que denotara *serviam*.

Mientras mis hermanas hacían, en colores que nunca soñaron tener, las casas que bordeaban la escuela, las casuchas de la *baranca* como le decían las mothers a los asentamientos de "recién llegados" a la ciudad (algunos de los cuales tenían tres veces mi edad llegando, tratando de llegar al paraíso que habían imaginado en la ciudad) y dibujaban niñas uniformadas, con su escudote de *serviam* luciéndoles en el pecho, repartiendo paletas de dulce o inyectando niños o cualquier otro acto que les pareciera remediaba o aliviaba su miseria (como regalar gansitos, pastelitos industriales que se vendían envueltos en bolsas de celofán: así era uno de los dibujos que se presentó al concurso), yo no pude engañar a la luz del estudio: dibujé con detenimiento y en colores ocres un niño pequeño, acostado como un bebé pero de mayor edad, cuyo cuerpo cubrí de clavitos, de clavos que serían pequeños afuera de las proporciones del dibujo, o sea enormes alcayatas con cabeza de clavos enterradas en su cuerpo inmóvil y en su rostro que, si no dejaba de sonreír, casi podría decirse que lo hacía. Ni una lágrima, ni una herida, ni una señal de dolor. Luego, pinté atrás de él una cama, un oso de peluche y un sonriente sol que en la parte superior del dibujo resplandecía, casi quemando las alas de unas gaviotas (o algo que quería parecer gaviotas) que pasaban volando.

Abajo le escribí CLAVITOS. Esther se lo quedó mirando. No dijo nada.

—No es para lo del *serviam* —le dije.

—Ya me di cuenta.

—Te lo regalo.

Lo clavó, con un clavo idéntico a los del dibujo, en la pared del estudio y lo siguió viendo mientras yo, apresuradamente, en una hoja que me dio, dibujé a una niña lavando los platos, con el lema *serviam* encerrado en un globo cuya orilla aproximada a los labios daba a entender que era *serviam* una palabra que la niña decía mientras ejecutaba la "cristiana" acción, dibujo igual de absurdo que todos los que llegaron al concurso, si pensamos que cuál lavar platos en mi casa habiendo una mujer cuyo trabajo era hacerlo y que no me hubiera permitido interrumpirla, cuál "ayudar" a los niños de la *baranca* para los que nuestra sola presencia era una ofensa, cuál *serviam*, cuál "servir" si entre nosotros nos encargábamos de que el país entero nos sirviera.

IX

Yo no era una niña miedosa. Hay niños que tienen miedo de todo, de cualquier cosa, de, por ejemplo, dejar los pies colgando en las sillas porque temen que alguien o algo se los vaya a jalar, o los que tienen miedo de las formas que proyectan a la luz de los faroles de la calle las plantas de por sí inquietantes, cambiantes de forma en la oscuridad, vivas como están vivos los insectos, o incluso más, brillantes como joyas opacas en las noches citadinas, moviéndose siempre, asustonas, y hay niños que tienen miedo a la oscuridad de por sí, o los que temen quedarse solos, ir a solas al baño, caminar por su propia casa a solas (¡ni pensar en salir sin compañía a la calle!), los que tienen miedo en el cine, los que temen ir a la feria, los que sienten terror de ver un payaso, los que creen en los robachicos. . . y hay también aquellos a quienes hacen miedosos a fuerza de atemorizarlos: con el coco, con el diablo, con el padre, con "verás lo que te pasa si. . ."

Yo no estaba en ninguno de esos casos. No me daban miedo de por sí las cosas, ni me atemorizaban sin razón. No me inculcaban el miedo sino la burla al coco, a las brujas, a los fantasmas, al más allá. Claro, existía el infierno pero no se hablaba de él, no era *probable*, era algo lejano, demasiado remoto e incluso imposible. El dios de mi casa no era el dios del temor sino el dios de otro territorio, no podría decir su nombre o describirlo porque toda su conformación y geografía se desvaneció en mis sombras. (Acabo de recordar uno de los poemas que aprendí de niña, mi papá nos daba dinero si los memorizábamos, a peso por verso, uno que decía "No me mueve mi Dios para quererte [un peso] el cielo que me tienes prometido [dos pesos] ni me mueve el infierno tan temido [tres pesos] para dejar por eso de ofenderte. . .")

Incluso podría afirmar que no sólo no fui miedosa sino que fui valiente. Recuerdo una tarde, por contarles algo, en que estaba yo sola en el jardín mientras mis hermanas armaban con papá un juego (creo que se llamaba *the running heart*) que reproducía el aparato circulatorio haciendo un simulacro de corazón y venas, y mientras armaban tubos y pegaban las partes del corazón transparente, yo —que nunca sentí el menor apego por los juegos de armar, ni siquiera por los rompecabezas— salí sola a ver si encontraba una catarina o algo con que entretenerme. Paré un momento y vi sobre el muro del jardín, justo al lado de la puerta que daba a la calle, una sombra vertical, como de una pared por la que subía y bajaba otra sombra, pequeña y amorfa, "será un gato —pensé— que sube y baja... ¿por dónde?" No supe qué producía la forma, qué era lo que impedía el paso del sol y pintaba el muro. Nada podía, materialmente, proyectar la sombra vertical, ni nada al supuesto gato que, sin piernas ni orejas ni cola (viéndolo bien), la recorría. Subí y bajé la mano, acercándome y alejándome del muro, buscando unir mi sombra a la que me inquietaba para intentar adivinar de qué provenía. No hubo modo. Esa sombra no era producida por nada. No tuve miedo porque vi que era totalmente inofensiva. Estaba en calma. No palpitaba, no se movía hacia mí, no quería lastimarme. Era ilógico que existiera, no debía estar ahí, pero la dejé en paz pensando que, tal vez, también ella era víctima de alguna persecución que la obligaba a proyectarse en un muro con el que no tenía ninguna cercanía.

Me senté tranquila a verla. Su forma no me inquietaba, no era obscena, como lo eran los dibujos que imaginaba formados por las manchas de la loseta en el baño de casa de la abuela, o las que tallaba yo en la oscuridad cuando no podía dormirme, obscenas formas con volumen y hasta con aliento...

¿Por qué las llamaba yo formas obscenas? ¿Qué era para mí la obscenidad? Nada que pudiera emparentarse con el amor ni asemejar dos cuerpos gozándose. La obscenidad era para mí las formas que suplían a los cuerpos deformándolos, que los dejaba sin dedos para tocar, sin labios para besar, sin pechos para acariciarse, sin piernas ni tronco y que colocan, en donde debiera ir todo eso, nada más que formas que atemorizan o intentan atemorizar. . . Ésas eran las formas obscenas que se apropiaban de todo cuanto tocaban mis ojos cuando aquello se apoderaba por completo de mí. Nunca las veo. Ahora me parecerían. . . me ganaría la risa ante ellas. Porque ya no soy la que fui de niña. Soy la que era, eso sí, soy o creo ser la misma desde el día en que nací hasta hoy, pero no tengo los mismos ojos. A mí misma me he impuesto la obscena tarea de deformarme, de quitarme la facultad de abrazar, de arrancarme las formas que ocultan un cuerpo.

Hablaba del miedo: tampoco lo tuve poco después de descubrir los atributos del ropero de la abuela, ni cuando la vi a ella trastornada y amenazándome. ¡Ah!, el ropero hubiera sido capaz de cambiar la vida animada de cualquier casa y así hubiera sido en la de la abuela, si ella no lo hubiera tenido encadenado, como si encadenara a un perro fiero, con la más fuerte atadura para un mueble de su condición: usado solamente de adorno, el ropero era un mueble vacío, lleno de nada, limpio, exasperantemente limpio, como todo lo que habitaba la casa en la colonia Santa María.

Conocí las "habilidades" del ropero una tarde en que aburrida me paseaba por la casa de la abuela mientras ella sostenía por teléfono una conversación interminable. De fastidio rayé con pluma la bolsa de la chamarra que traía puesta, sin darme cuenta de mi tropelía, sin intención, nada más por inconsciente.

Pero antes de que colgara la abuela el teléfono, me di cuenta de lo que había hecho. Me quité la chamarra y con las uñas raspé los rayones en la gamuza para tratar de arrancarle las manchas, pequeños círculos rellenos de tinta, gordos de tinta de la pluma atómica, rodeados de rayas, como soles, pero oscuros. Miré las bolitas con patas y pensé: "parecen arañas". Doblé la chamarra y la metí en el ropero inútil. En casa podrían no regañarme, tal vez Esther ni se daría cuenta, pero la abuela le otorgaría gran importancia al destrozo del saco importado.

La abuela colgó el teléfono. "Vámonos corriendo". No sé dónde, no recuerdo dónde iba a llevarme. Antes de prepararse para salir, me lavó las manos y la cara, me peinó y me ordenó ponerme la chamarra. Fui a sacarla, doblada, del ropero, asegurándole que no tenía nada de frío, que tenía muchísimo calor. "Póntela para que vayas elegante". Enfrente de ella me la puse mientras la halagaba porque era hecha en España, "nada como la ropa española". Yo esperaba que en cualquier momento viera las manchas y brotara estentóreo y vergonzoso el regaño, cuando le cambió la cara: se quitó, apresurada, sin despegar de mi cuerpo la mirada atónita, la bata blanca de manga corta y cierre al frente que usaba para trabajar en su laboratorio y no ensuciar la ropa (aunque nunca vi manchada su impecable bata blanca), la tomó como un trapo en la mano y con una punta de la bata empezó a pegarme, a darme duro, a asestarme golpes sin que yo entendiera qué pasaba. . . Me asustó, pero no le tuve miedo. Las lágrimas y los gritos se me salían ante la imagen de la abuela que no alcanzaba a articular palabra, roja pero no de ira, golpeando a la nieta con un remedo de trapo y sin cejar. . . Ni me pasó por la cabeza que me estuviera pegando para reprenderme por lo de las manchas, porque conmigo nadie usó los golpes como medida coercitiva. ¿Por qué entonces blandía contra mi cuerpo el trapo-bata y por qué con tanta fuerza y tanta furia? Estaba fuera de sí y parecía fuera de sí la sala bañada por la cortina de llanto que me cubría los ojos, y fuera de sí estaba mi corazón atónito. . .

Dejó de golpearme y me mostró, sin hablar, sacudiéndolas con el trapo, lo que había intentado (con fortuna) apagar o sofocar: la vida de cuatro arañas gordas, negras como si estuvieran cargadas de tinta. Sacudiendo sus cadáveres y pasándoles un trapito húmedo, mi chamarra quedó limpia, sin marca de nada, ni de arañas ni de tinta.

No le cobré miedo al ropero, ni pensé nunca volver a ver a la abuela en ese estado. Con serenidad me di tiempo de pensar: ¿de qué era capaz ese mueble? y ¡qué fácil era sacar a la abuela de sus casillas!

Ahora, ¿soy miedosa? Lo soy de mil maneras. ¿Una? Yo no sería capaz, no tengo valor, de volver a vivir lo que viví de niña. Mis recuerdos me dan miedo, traicionan la serenidad de la memoria. . .

No mentí cuando les aseguré que era placentero recurrir a los recuerdos. Así es aunque me atemorice. No me atrevería a volver a vivir lo que fui de niña porque, recuperados por la memoria, los hechos se tornan peligrosas agujas que coserían mi alma, que escocerían mi alma, que harían pedazos de carne muerta mi alma. Cuando vivimos apenas nos damos cuenta de lo que estamos viviendo. . . Volver a vivir lo que hemos visto con la limpia y directa mirada del recuerdo sería intolerable, o por lo que toca a mí, no tendría valor para hacerlo.

Ahora bien, ¿fantasear me da miedo?, porque en lugar de recordar podría fantasear, imaginar recuerdos, falsear imágenes y sucesos. No lo he hecho así, cuanto les he dicho me ocurrió, fue real: no he inventado una sola palabra, he descrito tratando de apegarme lo más posible a los hechos. Claro, pude haber usado palabras más acertadas que las que en el discurso he ido hilando (algunas he tratado de corregir, otras he perdonado porque no encuentro mejores para narrar), pero no he faltado a la verdad, todo lo aquí contado ocurrió en mi escuela, en mi casa, en la ciudad que habité y que no sé si aún existe o si ha cambiado de apariencia, si ha dejado su rostro de ciudad limpia, joven, de virgen bíblica. . .

Mas no tendría para mí objeto imaginar. O venzo el miedo que siento (y disfruto el placer) al recordar y modular las palabras que describen mis recuerdos, o me callo. Para qué las fantasías, para qué las imaginaciones, para qué las mentiras. . . No le veo sentido, no me daría placer alguno y, ¿qué tal que también me da miedo lo que produjera mi imaginación si la tuviera? Si la tuviera, porque no queda en mí nada de ella. No soy más que un poquito de carne a quien los recuerdos le impiden pudrirse, llenarse de gusanos y de moscas hasta acabarse.

X

Hace rato, al describirles el mundo de mis sueños, dije el *desorden que habitó salvajemente el mundo de mis sueños*. ¿Por qué usé la palabra salvaje? Pude haber dicho atropellado, violento o triste pero hubiera sido imprecisa la definición del desordenado mundo de mis sueños, ya que la palabra salvaje con las dos acepciones que le conocí de niña resultaba irle como anillo al dedo: salvajes eran los habitantes de tierras remotas que se comportaban de un modo tan distinto al nuestro (como mis sueños, poblados de cacerías, de entierros, de personas sin ropa corriendo en lugares selváticos o desérticos, de casas que nada tenían que ver con las nuestras, de ritos inhumanos) y lo salvaje era también lo violento, lo destructor, lo que podía acabar con todo.

Por supuesto que no todos mis sueños eran iguales. Su desorden salvaje podía consistir en acciones variadas, en situaciones diversas. Por ejemplo:

Paseaba sola por un enorme parque con amplios andadores de tierra. Aunque había árboles, alcanzaba a ver el cielo claro, azul, brillante, un estallido de luz. A nadie parecía extrañar una niña indefensa en su vestido blanco caminando sola, ni a mí. Frente a una bandeja de dulces que un señor con sombrero inclinó hacia mí, yo sacaba una moneda de cobre de la bolsa de mi vestido y compraba un muégano. Al pegar mi boca al dulce y calar la primera bolita de masa frita, hueca y cubierta de caramelo, la noche se hizo llegar apresurada al parque: aunque lo iluminaron lámparas altas como soles pequeños que una mano invisible encendió, una enorme oscuridad lo amenazaba. El muégano estaba muy duro, no podía arrancarle ningún fragmento, morderlo sólo me lastimaba los dientes, pero se los clavaba con insistencia. Continué caminando y encontré una fuente con surtidor vertical en el centro, redonda y de piedra volcánica, en medio de la cual un chorro se alzaba alto y blanco, como agua rebelde. Empezó a llover muy fuerte. El surtidor continuó en su camino habitual, mientras el agua de la lluvia se encharcaba opaca y gris oscureciendo el parque. La lluvia deshacía el dulce que intentaba detener en una mano, lo disolvía volviéndolo primero una masa gomosa y luego quitándomelo, entregándoselo a la tierra. El hombre de la bandeja pasó corriendo: ya no llevaba en ella golosinas, llevaba a *el* (o *la*) *clavitos*: aquella niña que yo había pintado herida, y que había yo regalado a Esther.

Donde el disparejo piso de tierra formaba pozas en las que, de poner los pies en alguna de ellas, no sólo se mojarían mis zapatos sino también los calcetines, empezaron a brotar surtidores idénticos al de la enorme fuente, pero de tamaño proporcional al agua que cada poza contenía. A fuerza de tanto llover, el agua de la fuente central se derramó al piso de tierra y más y más pozas se formaban y en cada una de ellas se reproducía la forma y la mecánica del surtidor, diminutas fuentes sin pretil de piedra. En cada uno de estos surtidores brillaban todas las lámparas del parque y eran tantas que el piso parecía iluminado, parecía lleno de enormes estrellas. Sentí que no tenía dónde pisar, que el piso era el cielo y que en el gris cielo de la tormenta nunca volvería a brillar la luz de un sol que me indicara dónde colocar mis pies para no caerme en el fondo de la noche.

Una de las pequeñas fuentes saltó mojándome la falda y los calzones: sentí que con voluntad. Puse la planta del pie sobre ella para acallarla.

Entonces la lluvia se calmó. Las fuentes del piso dejaron de serlo, regresando a ser charcos inertes, y la fuente enorme del parque lentamente también se fue apagando. Me acerqué a la fuente: salamandras de colores la recorrían pronunciando palabras que no pude entender, hasta que, brincando del agua, extendieron sus alas y se perdieron en el cielo oscuro que, al devorarlas, dejó al parque en el más puro silencio: ya no había ni un paseante, ni vendedores, ni siquiera el ruido del agua o el de las hojas o el de las ratas que pasaban por aquí y por allá sin que las viera. Yo también —lo sentí con claridad— desaparecí poco a poco, me dejé vencer por la sombra. Lo último que permaneció de mí fueron los ojos: vi cómo el parque se apagó y —no sé, tal vez así fuese retiró conmigo del sueño.

¿Para qué les cuento un sueño? Hago mal en dispersar el orden de mi narración. Tomé la palabra *sueño* al vuelo porque quiero contarles cómo fue que de un día a otro dejé de soñar: me quedé para siempre sin un sueño más.

Hacía poco tiempo que me había quedado sin las curativas piedras blancas de la jardinera de los vecinos y de que cuatro arañas gordas bajaran por el saco en que yo las había pintado por el solo hecho de permanecer un momento adentro de un ropero vacío, cuando, una noche, buscando racional salida para el miedo, decidí solicitar piedritas blancas al ropero. Me dormí tranquila ensayando en la mente cómo iba a pintarlas para que se parecieran a las que yo solicitaba, recordando cómo eran y tratando de recordar en qué punto de su pequeña geografía reflejaban la luz, como me había recomendado hacer mi maestro de pintura (un pelón que a veces usaba lentes, según yo sólo para preguntarme si yo era hija de Esther, mirándome incrédulo y maravillado con unos ojos grandes como sapos, a lo que yo contestaba que sí que sí y que sí). Al día siguiente (no había clases, o era fin de semana o día festivo o período de vacaciones, no me acuerdo —mientras más trato de forzar la memoria, de provocarla, menos recuerdo—) pedí que me llevaran a casa de la abuelita. Ya ahí, sin despegarme de ella, me puse a dibujar, por lo que la abuela no paraba de decir "igualita que tu mamá", sin prestar ninguna atención a mis dibujos y la verdad que ni a mí, porque estaba atareada con el trabajo de su laboratorio (se llamaba Laboratorios Velásquez Canseco y en él elaboraba materias primas naturales para perfumería). Primero pinté una piedrita sola, rellenándola con mi lápiz de color blanco, por lo que la hoja me quedó prácticamente vacía. Luego dibujé un montón, una pequeña pila de piedras blancas. Llevé la hoja al ropero y esperé, sentada a su lado en el mosaico helado y exageradamente limpio. Ahí sentada me acordé de cuando me cuidaba una nana en casa de la abuela, cuando habían operado a Esther de los ojos porque, oí decir, veía "mal"... Pasó silbando mi tío Gustavo, mi adorado tío Gustavo, hermano menor de Esther y se acuclilló junto a mí para acariciarme la cabeza: "parece tapa de coco", me dijo del pelo, repitiendo su broma habitual. Pero no pude reírme con él, como siempre, casi me dolía el estómago, sentía como si me doliera el estómago. Gustavo tenía jalea todavía húmeda en el recién peinado cabello, se levantó —estaba tan distraído como yo en sus cosas— y se fue sin despedirse dejando el camino impregnado de su perfume. Lo oí atravesar la casa con pasos rápidos y cerrar la puerta de madera que daba a la calle. De inmediato la volvió a abrir con su llave y desde afuera gritó: "ya me fui, mamá", y dio de nuevo un portazo. Metí entonces la mano en el ropero y saqué las piedritas blancas y las hojas limpias, sin un solo trazo. Guardé todo junto hecho bulto en la bolsa de mi vestido.

Llegando a la casa, las inspeccioné detenidamente: en las hojas, en efecto, no quedaba ni rastro de que habían sido pintadas; las piedras eran como las de antes, como si el ropero hubiera sabido leer la intención que yo puse en mis dibujos y hubiera ignorado las torpezas de mis trazos. Agradecí su nobleza. Sólo la piedra más grande, la que pinté aislada en una hoja, era más opaca, en nada traslúcida y sin duda demasiado blanca. Me expliqué a mí misma que el ropero también había hecho en ella un borrador, y la guardé en el cajón en que guardaba gomas, sacapuntas, hojas secas, empaques de gelatinas, tesoros que yo ponderaba mucho pero que no me hubiera atrevido a presumir a nadie, exceptuando, claro, a mis dos hermanas.

Antes de dormirme, cuando apagaron la luz del cuarto y me dieron por ausente, coloqué las demás piedritas alrededor de la cama. Me dormí muy tranquila, es la verdad, sin prestar ninguna atención a los sonidos habituales de esa hora. No mucho después me despertaron los pasos, los mismos ruidos de siempre, y los recibí con mayor sobresalto que nunca, primero porque con toda mi fe creía que las piedritas blancas me iban a proteger y me iban a aislar de ellos, sin pretender en ningún momento que fueran a dejar de ser producidos, y segundo porque sentía que *no había dormido*: no había soñado nada, nada. De que cerré los ojos a que los volví a abrir no pasó nada frente a ellos: la película de mis sueños se había velado.

No volví a soñar nunca. Los pasos siguieron resonando, no sé si con mayor claridad, pero sin duda cayendo en un blanco más frágil y más visible: ni dormida tenía para dónde escabullirme. ¿Quién había cerrado las puertas? Comprendí entonces que las cosas no siempre son lo que parecen, que sería fácil recuperar lo que se ve e imposible recuperarlo en toda su sustancia.

No volví a acomodar nunca más las piedritas alrededor de mi cama. Supersticiosamente me encargué de juntarlas en la mañana y me fui deshaciendo de cada una de ellas por separado y donde pensara que no podrían volver a mí. "Las cosas no siempre son lo que parecen." No siempre. Ustedes comprenderán que tampoco volví a usar el ropero: si en el orden de su propia factura las cosas se rebelaban y los enemigos encontraban en ellas (si los había) puntos de apoyo en los que envalentonarse o en los que provocar estaciones para lo que empecé por llamar la persecución, ¿qué sería de las

cosas cuyo nacimiento yo provocara? ¡Imaginen! Me habían
ya dejado sin los sueños, entregada a las noches pelona, sin
más cobija que mi propio miedo. Otros objetos ¿de qué serían
capaces? Quiero decir, otras cosas provocadas, sacadas por
mi voluntad de la nada que las envolvía.

Así que si yo fui la única que, por azar, descubrió las fa-
cultades del hermoso ropero de madera tallada, guardé sólo
para mí el secreto.

No me costó trabajo.

XI

"¡M**ale!** ¡Jose!" Entré corriendo a la casa, gritándoles. "¡Male! ¡Jose!" "Qué extraño, pensé, qué raro que no escuchan mi llamado." ¡Eran tan atentas y cariñosas conmigo! "¡Male! ¡Jose!" Pregunté a Inés por ellas, para variar no hizo más que encoger los hombros. Pregunté a Salustia por ellas: paró la plancha y volviéndola a calar con el dedo húmedo me dijo acallando el sonido de la plancha al contacto con el agua: "están en su cuarto".

Corrí al cuarto. Ya ni recordaba qué quería enseñarles o contarles pero no dejaba de llamarlas. "¡Male! ¡Jose!" ¿No me oían? Llegué al cuarto: la puerta estaba cerrada. Traté de girar el picaporte: estaba cancelado con el botón que podía apretarse desde adentro del cuarto (hecho implícitamente prohibido, nadie cerraba las puertas con seguro). De nuevo golpeé fuerte con el puño cerrado en la puerta. "Vamos", contestaron las dos a coro, sentí que con otras voces. ¿Cómo que *vamos*? Nunca me habían hablado en ese tono.

Vamos, dijeron, pero no me abrían la puerta. Me puse a saltar de cojito en círculos, llegué hasta a olvidar qué hacía ahí, pero me lo recordó la puerta cerrada, volví a tocarles, no contestaron nada. Me senté en el baúl de madera que había estado siempre al lado de la puerta de su cuarto. Las oía hablar, muy lejos, en voz baja. Las oía decir palabras que no alcanzaba a oír, que, por primera vez, me arrebataban de los oídos. No paraban de hablar y hablar. Se reían. Caminaron de un lado al otro del cuarto y, encima de todas sus acciones, subrayaban la omisión de una: no me abrían.

Fastidiada levanté la tapa del baúl. Estaba lleno de libretas manuscritas y pintadas, tapizadas con la cálida letra de Esther y con los dibujos y los colores que desde siempre le conocíamos. En el centro de una hoja blanca un pequeño clavitos (como aquel que yo pinté) descansaba sin ningún comentario. Volví a guardarlas después de leer un par de líneas que no entendí. Las ordené y cerré el baúl. Entonces (¡hasta entonces!) abrieron la puerta mis hermanas, en silencio y mirándome desde un lugar que no era el cuarto que yo conocía, dueñas de una renovada complicidad que me había borrado, que me omitía como elemento. Sobre la cama estaba colocado un objeto que (más infranqueable que cerrojos, más fuerte que cadenas, más alto que el más alto muro) había llegado a separarme de mis hermanas: un objeto blanco, doblado en cuatro, al que acomodado en la colcha sólo le faltaban cirios para subrayar la veneración súbita que sentían por él mis dos hermanas. Les dije (ya para qué, por pura torpeza) "¿qué pasa?, ¿por qué no me abrían?" y rieron entre dientes, las dos mirándose entre sí sin darme la menor importancia. Volví a ver el blanco intruso en la cama, reparé en sus broches metálicos y en sus tirantes. "¿Qué es eso?", les dije. Me ignoraron igual que antes, o, mejor dicho (para qué miento, fue la verdad), remedaron mi voz y se burlaron de mi tosca pregunta. Acerqué mi mano al blanco enemigo. "No lo toques", "no es para niñas, es para señoritas". Lo vi más de cerca: sí, ya lo sabía, era un brasier como los de Esther, bien que los había visto en el cuarto de la lavandería. Pero, ¿cómo se usaba?

Ahí acabaron nuestras tardes juntas, sin que yo comprendiera por qué. Una noche, pocos días después, entré por costumbre a su cuarto: Male se ponía, sin reparar en mi presencia, una media de nailon mientras se acariciaba la pierna, tocándola como estatua de santo, jugando a que ya hasta sus piernas eran de señorita. De pronto me vio viéndola: "¿qué haces aquí? Sal y toca la puerta antes de entrar". Me di media vuelta y corrí a depositar unas lágrimas en mi almohada, aunque cálidas (el llanto brota de esa temperatura), heladas en proporción a su duelo. Lloraba la falta de atención del par de hadas madrinas que habían velado el umbral de lo que yo era, impidiendo la entrada a monstruos del exterior, sin saber que lo que yo debía estar lamentando era la *desaparición* de las niñas que fueron mis hermanas.

A los pocos días fuimos a un campamento con las guías, equivalente femenino a los *scouts* (muchachos exploradores) fundados por un señor de nombre Baden Powell, un héroe similar a Chabelo en mis ojos de niña que vestía como niño (venía representado en las ilustraciones de los manuales de la organización con bermudas, pañuelo al cuello, un sombrero absurdo, similar atuendo al de los niños *scouts*), y que era el fundador de la valentía que nos inflamaba en las noches de campamento, noches en que salíamos a dormir al campo y en las que derrotábamos lo que nos querían volver rutina y talento en la infancia: desde lavarse los dientes y bañarse, hasta obedecer a los papás, sentarse (y bien) en las incómodas sillas, en los incómodos sillones, comer en las incómodas mesas, acostarse en las incómodas sábanas. . . Soltábamos nuestros cuerpos al aire, a nuestros ojos en desorden total y, a criterio de los organizadores, en medio de una disciplina formativa, afortunadamente imposible de ser sentida por nosotras.

Esta vez acampamos sin poner tiendas de campaña, en una granja. Nos hospedamos en unas galerías, luminosas y y vacías. Mis hermanas rehuyeron mi compañía, yo me quedé atrás y las vi entrar a la siguiente galería, unida a ésta por una puerta estrecha. Extendí las ramas secas de pino recopilado afuera para acojinar mi sueño y sobre él puse mi *sleeping bag*, junto a nadie, en medio del piso de cemento. Puse en su cabecera la mochila azul marino y cuando alcé los ojos atribulados por el abandono filial, que ahora sí creía definitivo, noté que me rodeaban una infinidad de *sleeping bags*, ya no quedaban espacios de cemento en la galería que no estuvieran tapizados por niñas y sus respectivas mochilas, formando ordenadas filas y desordenado tiradero de ramas secas de pino que barrieron brigadas de las niñas mayores.

En la noche, alumbrándonos con lámparas de pilas, la mayoría de las niñas se rieron del *baby-doll* (un camisón muy corto que hacía juego con un calzón de la misma tela) de Susana Campuzano que se había colocado justo a mi lado derecho para dormir y que en ese momento hacía su entrada triunfal a la galería, brincando indiscreta entre las hileras de los *sleeping bags*, porque, tímida, viviendo la misma edad de tránsito que mis hermanas, se había ido a cambiar la ropa a la oscuridad del campo para que nadie le viera nada, mientras todas las demás mortales hacíamos gala de cómo quitarnos las prendas de vestir al mismo tiempo que nos poníamos otras en juegos de escapistas, porque nuestros cuerpos eran templos del Espíritu Santo que no debían ser vistos por nadie. . . y luego entró con su ridícula y minúscula ropa de dormir casi transparente, descarada brincando y dando grititos cortos y agudos que fingían ser casi imperceptibles y denotar timidez, cuando en realidad eran continuas llamadas de atención que provocaban burlas de niña en niña por su anuncio de cuerpo de mujer.

Al pasar junto a mí, ya no gritó. Frenó su trote y me clavó sus dos ojos tristemente azules. Se metió apresurada en la bolsa de dormir. Le vi el cabello disparejo, cortado con la violencia que muchas mujeres arrojan en su cabello, de manera irregular que le impedía caer o cobrar su propia forma, casi como hombre, pero lo suficientemente largo como para que doliera su cortedad. Sentí compasión de ella. Entonces pensé que sí, que había querido ocultar su cuerpo de las miradas de las otras, porque sí, pensé, le avergüenza no tener ya el cuerpo de niña, y pensé en mis hermanas con compasión, y en Esther con compasión, y también pensé en papá, con compasión porque recordé que sólo los hombres van a la guerra y pensé "¿cómo le vamos a hacer para esconderlo cuando pasen por él para llevarlo al frente?" y luego dejé de pensar en eso porque me dije "si no hay guerra", pero "¿y si estalla una?", pensé.

Volví a ver a la niña de mi lado derecho. Volteó hacia mí al sentir la mirada espiándola:

—Oye —le dije, creyendo ser amable y sinceramente conmovida por su situación— te comprendo, les pasa también a mis hermanas.

—¿Qué? —me replicó de muy mal modo.

Guardé prudente silencio porque yo no hubiera sabido cómo contestarle.

Entonces fui yo la que me di la media vuelta y pensé: "no me pasará nunca lo que a ellas, yo no me voy a dejar", y pensando esto me quedé dormida, sin saber que mi fantástico deseo sería ingrediente para mi condenación.

XII

Estábamos desayunando. Oí claramente que algo caía al jardín de la casa. Dije en voz alta que había visto caer algo, como si lo hubieran aventado de la calle y nadie me creyó. En parte tenían razón: no lo había visto caer, lo había oído caer tan claramente que hasta me imaginaba la forma que tenía. Terminé rápidamente de desayunar y salí sola al jardín, corriendo llegué al extremo que da a un lado del antecomedor.

Algo había caído adentro de la casa, como si lo hubiera aventado el repartidor del periódico, sobrevolando el muro. En lo que me había equivocado era en la forma del objeto caído: mientras que yo me imaginaba algo voluminoso y pesado, lo que brillaba ahí en el pasto era un pequeño, plano y ligero objeto.

Brillaba y era hermoso: un marco dorado de plástico rodeaba el brillante paisaje a la orilla de un mar color azul metálico, azul claro metálico, con volutas y rosetas, queriendo asemejar un marco de madera con recubrimiento de chapa de oro. Al fondo, las montañas y entre las montañas y el mar un pueblecito, pero no un pueblo americano sino un asentamiento europeo, todo sobre papel brillante, como el que envuelve los chocolates y llamábamos *orito*. Algunas mujeres paseaban a la orilla del mar, o sentadas en el muelle parecían disfrutar. Nadie trabajaba. Las ventanas de las casitas blancas estaban abiertas y en todos los rincones no faltaba un brillo.

Nadie nadaba en el agua, pero dos lanchas esperaban pasajeros. En otra, un hombre de pelo blanco pescaba, solo y sin sombrero.

En la esquina inferior derecha decía: *Razier*. Claro, colgué el cuadro en mi cuarto, junto al tocador, a la diestra del espejo. ¿Quién lo vería? Mis hermanas, ya dije, no compartían más mis juegos, Esther andaba en babia y papá trabajaba como nunca, ya no tenía tiempo para jugar conmigo. Ninguno de ellos me pidió explicación del cuadro.

—¿De dónde sacaste eso? —me dijo Inés cuando lo vio.

—Me lo encontré tirado en el jardín.

—¿Cómo te voy a creer?

—De veras —alegué con ella—, deveritas estaba tirado en el pasto.

—¿Quién iba a botar un cuadro tan bonito?

Se le quedó viendo, aquilatándolo como yo, creyendo como yo que ése era un lugar que valdría la pena conocer. Y le dije:

—¿No te gustaría ir?

No contestó a mi pregunta. Su cara se endureció y me miró sin mirarme a los ojos, diciéndome:

—Yo nunca iría a un lugar que no hubiera hecho Dios.

La clase de inglés era, con mucho, la más divertida de la escuela. Sin tener que apegarse a obligaciones académicas, el inglés de la escuela sobrepasaba el nivel exigido por las autoridades escolares, las maestras daban vuelo a la imaginación, dejándonos hacer trabajos en la biblioteca de la escuela o saliendo a museos, viendo películas, haciendo un poco de todo lo que a ellas les gustaría hacer. Como ya se acercaban las vacaciones, a Janet se le ocurrió que podríamos buscar en los atlas y las enciclopedias de la escuela a qué lugar querríamos ir. Estaba permitido fantasear lo que fuera. Vamos, hasta la luna, si a alguien le parecía buen sitio para pasear. Luego, había que redactar en inglés los porqués de nuestra elección, sumando todos los datos que consiguiéramos en nuestra "investigación".

¿A dónde creen que yo quería ir? Por supuesto que al lugar que retrataba el cuadro. Lo busqué en el atlas, en el globo terráqueo, en un hermoso volumen del *National Geographic*, en un enorme mapa de Europa que colgaba de una de las paredes de la biblioteca. Nada. "A lo mejor ni existe", pensé. Pero no podía creer que fuera un lugar irreal. Busqué en la *Enciclopedia Británica*: ahí estaba su nombre y su historia. Me daba flojera leerla, pero, si no, ¿qué ponía en mi trabajo de inglés? Que estuviera en inglés era lo que me parecía más engorroso: estaba prohibido copiar idénticas las frases, era muy castigado no intentar una redacción original, y la dificultad era de ida y regreso: primero, entenderla en inglés, pasarla en mi cabeza al español para poder hacerlo, luego voltear al inglés toda·mi redacción partiendo de mi lengua materna, de la que, la verdad, no me gustaba despegarme mucho.

Le pedí ayuda a la monja bibliotecaria. Tenía un nombre que no puedo recordar, como (así me parecía) de elefanta. No hablaba ni pizca de español. Le dije: "could you help me find this name in *la Espasa Calpe*?" Era una enciclopedia tan grande que no bastaba con conocer el alfabeto para dar en el clavo con una palabra. La monja me hizo el favor de encontrarlo. La redacción era·muy larga. Antes de desaparecer a mediados del siglo x. . . O sea que era una ciudad que ya no existía. Había desaparecido en llamas, después de pugnas religiosas y de haber sido castigada reiteradas veces como cuna de herejes.

Al día siguiente llevé el cuadrito a la escuela y se lo mostré a Janet. Le expliqué en mi torpe inglés que lo habían aventado (no le dije que a mí, dije que a la casa) y le conté que era un lugar que ya no existía. "Extraño", me comentó con su pésimo acento en español. Eso fue todo. Me recomendó guardar el cuadro en la mochila para no distraer a las compañeras. *Extraño*. Eso me pasaba por comentar algo mío con los demás. Yo quería, pretendía que ella, de apariencia tan cordial y tan interesada en todo lo de sus alumnas, me echara la mano para averiguar quién pudo aventar el cuadro a mi casa y para qué. Era una seña. Yo lo sabía: repre-

sentar un pueblo acorralado, maltratado y posteriormente
incendiado una noche para que la mayor parte de sus habitantes pereciera en una hoguera común, representarlo, digo, como un lugar de esparcimiento y de tranquilidad,
utilizando papel brillante y jubiloso para hacerlo, era, sin duda, producto de alguna malévola voluntad.

Dejé desde entonces la última actividad que todavía tenía en común con mis hermanas, los viajes al supermercado
en las tardes, caminando y platicando en el camino, porque
tenía miedo de los pocos que andaban a pie por la colonia:
los albañiles, los plomeros, las trabajadoras domésticas que
no dormían con sus patrones. Alguno de ellos había aventado el cuadro, me lo habían aventado *a mí*, como una adver-
tencia que yo no alcanzaba a comprender.

Sé, ahora lo sé, que todo era sólo una equivocación. No
tenía nada que ver conmigo ni el poblado y ni el nombre que
le habían puesto al lugar, pero sí lo que le ocurrió por vivir
donde vivía colgado, al lado del espejo de mi tocador.

¿Será que hay heladas miradas que tocan hilos inertes cam-
biándolos en nervios desnudos, como hay personas que des-
piertan pasiones no correspondidas? Porque pudo haber sido
la helada mirada de Janet, la maestra de inglés, la que despertó el inerte plástico, el inerte papel metálico de la manera que ahora contaré.

Inés me peinaba esa mañana, porque Ofelia, la jovencita encargada de nuestra ropa y nuestro aseo personal, había ido a su pueblo a la boda de su hermana. Me peinaba
jalándome los cabellos, como si yo no sintiera, como si mi cuero cabelludo fuera de hule, despiadada o insensible. Me peinaba y mis dos hermanas revoloteaban a su alrededor,
explicando por qué Male quería que le cambiara los moños
del cabello por un par más pequeño y más discreto, explicación que tiraba como taza de café al mar, porque Inés no
le prestaba la menor atención. Puse la mirada un poco a la

izquierda del espejo, en el lugar del cuadro que he descrito, el retrato en *oritos* de Razier. Algo excepcional llamó mi atención, algo opaco, no como el resto del cuadro, algo opaco y oscuro, algo que antes no estaba ahí y que parecería salpicadura ¿pero de qué?, ¿salpicadura de qué?

Inés terminó de peinarme y se retiró sin decirme *agua va*, mis hermanas seguían por ahí, pero en ningún punto preciso porque no me veían, ya no estaba yo ahí para ellas.

Me acerqué al cuadro, sí, estaba manchado y sólo manchado en las faldas de las mujeres del cuadro, con manchas disparejas, uniformes en nada, insensatamente colocadas pero siempre en la misma prenda de las mujeres. Noté en una de ellas que la mancha, más clara y casi brillante, se iba extendiendo en su prenda como si brotara de atrás del cuadro. . . No pude revisarlo ni saber qué le pasaba porque me gritaron que tenía que subirme ya al coche para irme a la escuela.

Cuando regresé de clases el cuadro ya no estaba en su lugar. No lo encontré en ningún sitio.

XIII

Arreció la persecución. Usó nuevas tretas. Yo veía que ya no podría huir, lo sabía en las noches mientras intentaba esquivarlos, y lo recordaba de día.

Afortunadamente terminó el ciclo escolar y no sé por qué (dobleafortunadamente) Esther y papá decidieron mandarnos a las tres durante vacaciones fuera de México, cada una por separado, en un programa de intercambio promovido por alguna asociación católica.

A mí me tocó ir a Quebec: en esa ciudad había una familia con una hija de mi misma edad que estaría dispuesta a pasar las vacaciones con nosotros en la ciudad de México el próximo año.

El tío Gustavo me llevó al aeropuerto, y me acompañó hasta el asiento del avión, visiblemente emocionado de ver a su niña viajando sola. Me hizo una cantidad imposible de retener de recomendaciones y me encargó que le trajera (esto lo repitió más veces) una botella de Chivas Regal.

Adentro del abrigo que me ahogaba de calor y me incomodaba de grande, vuelta un oso mayor que yo, iba mirando feliz bajo de mí a las nubes y pensando que los que me perseguían los talones tendrían que esperarme un par de meses o —en el mejor de los casos— abandonar su búsqueda.

Del viaje no tengo nada que contarles, prácticamente. He procurado omitir en mi narración todas las anécdotas que no me condujeron aquí directamente. Ni con mucho les he hecho un recuento de lo que fue antes mi historia. Esta plática ha sido solamente una presentación, un ligero rastreo para que sepan —tanto como yo lo sé— quién soy, para que al escucharla me acompañen y me ayuden a comprender que, si en esta oscuridad no hay límites externos, tal vez sí los haya dentro de las tinieblas que la conforman. Por ejemplo, yo, yo sí tengo forma dentro de la no-forma, o eso trato de comprobar con la narración de esto. Si omití muchos años y muchos hechos, también borré de mis palabras muchas personas con las que hice mundo, mencionando sólo las que ayudaron (todas, sí, sin quererlo) a traerme aquí, con la excepción de mi querido tío Gustavo. Si no les hablé más de él fue porque hubieran comprendido que mi historia era otra, o incluso yo misma otra persona, pero si no lo omito por completo, si mencioné al vuelo su nombre, fue porque no podría borrarlo nunca de algún recuento en mi memoria.

De Quebec sólo les contaré una anécdota para mí por dos motivos memorable, que entremezclaré. Con uno de ellos brotó, surgió el otro: fui a comer a casa de unos amigos de Esther (o conocidos o colegas, nunca entendí claramente el nexo que había entre ellos) y, ya a la mesa, tuve la clara percepción de oír los pasos y los ruidos que yo conocía bien, los que me perseguían en casa, en pleno día, mientras nos sentábamos a comer.

Fue tanto el miedo que sentí, creyendo que me habían localizado ya, que llegaban por mí definitivamente, y que sabían cómo no dejarme escapar, que tuve que dejar de comer porque no podía tragar bocado, mejor dicho, no podía hacer pasar por mi garganta el único bocado que di a una carne preparada al horno, especialmente para mi visita.

El ancho mundo parecía desplomarse como la descomunal caída de agua por la que pasamos para llegar a su casa, las cataratas de Montmorency, mismas que recuerdo en el mudo, único testigo que conservé por error del mundo que habité de niña.

Miren:

La arranqué del álbum de mi viaje, para ganar más espacios para fotos de mis anfitriones y la dejé suelta, quedándose sin lugar, por lo que a veces aparecía adentro de una libreta, otras encima del escritorio, otras adentro de un fólder. No sé por qué la llevaba yo sujeta en la mano la noche que pasaron por mí y no la solté. Aquí está. Es lo único que sé que tuve: nada, un chorro de agua en la oscuridad que a fuerza de tanto recordar he borrado por completo. No sé de qué colores era, es blanco y negro, como la fotografía que ven. No sé a qué olía ese lugar, qué temperatura había, si había ruido o silencio. Nada. Agua, cielo, árboles, cables de luz o de teléfono —tal vez llevando voces que al sospechar he querido recomponer—, unas construcciones borrosas, todo envuelto en el mismo sinsentido: el agua ¿qué era?, ¿era la violenta caída, descomunal, muerte pura, o era el agua del lago, quieta, apacible, serena, amorosa, como madre tierna pero más suave, más acogedora, sin duda más fiel, envolvente?

Y los árboles, ¿cómo eran? ¿Suavemente rodeados de hojas, ásperamente desembocados en ríspidas ramas puntiagudas y desnudas, o muertos en pie?

Tuve que decir que me sentía mal en casa de los Winograd. No podía tragar bocado y el mundo me daba vueltas. Me recostaron en un sofá, mientras cerca de mí platicaban en un *quebecoise* que ya me había habituado a escuchar y que entendía a medias tintas. Ahí me di cuenta de que los pasos no me perseguían, que no era a mí a quien buscaban y alcancé a darme cuenta, afinando el oído en mi inmovilidad, de que seguían a la única hija de la casa. Se llamaba Miriam, era mucho mayor que yo y tranquila canturreaba una canción de moda mirándome de lado. El alivio fue doble; porque yo no era la carnada buscada y por la actitud de Miriam: no parecía alterarla la compañía del ruido, relajada me preguntó, dándome a oler un algodón con alcohol, si ya me sentía bien y si no quería *un chocolat, un caramel, quelque chose...*

En cuanto regresé a México, me di cuenta del territorio perdido en mi viaje, tal vez mayor que el que me hubiera sido arrebatado sin ausentarme, sintiendo el milímetro de pérdida noche a noche como una tragedia. Si antes de irme creía que casi ya no me quedaba territorio que defender, al regreso no hice ya más que cruzar los brazos y esperar un desenlace cercano. Con pánico, claro. Yo no era como Miriam.

Nunca fue mi casa más grande que entonces. La recorría algunas noches, cuando todos dormían, dando diminutos pasos cortos, pasando abajo de las mesas, buscando el equivalente a una fuente de la eterna juventud, al dorado, a la piedra filosofal, y no en amplios territorios deshabitados y en ancas de un caballo, sino sobre la alfombra, bajo los muebles, al lado de los cuadros pintados por Esther o por los pintores cuyos nombres nunca podré olvidar y que vivían en los muros de la casa: Fernando García Ponce, Lilia Carrillo, Manuel Felguérez, Juan Soriano, personas que entonces eran los pintores de mi ciudad, y que habían cambiado a Esther un cuadro por un cuadro para formar cada uno de ellos su propia colección.

Bordeaba los muebles, me subía a los sillones, me pegaba a las paredes, me separaba de las paredes, hacía gestos inútiles que intentaban distraernos a ellos y a mí.

Pocas partes de la casa no recorría de noche: el cuarto de servicio, el patio, la azotehuela, el jardín, y, claro, el estudio de Esther, al que tampoco entraba de día. Nunca lo había vuelto a ver desde el concurso *serviam*, desde que yo había pintado aquella figura que bauticé *clavitos*. ¿Por qué lo hice esa noche? Porque al pegar el oído a la puerta me di cuenta de que adentro no se oía nada, lo que significaba que adentro estaría yo segura. Pensé: "aquí no se atreverán a entrar".

Abrí la puerta del estudio: a oscuras y cuajado de estrellas era más hermoso. La luna llena, completa como en los dibujos, me sonreía con su inocente cara redonda, di otro paso hacia adentro y una sombra brincó (¡brincó!) de la oscuridad.

Era Esther. "¡Ay!", alcanzó a decir. Me le quedé viendo. Con camisón blanco de algodón delgado, la cara sin pintar y el cabello largo suelto parecía más joven que de día.

"¿Qué haces aquí?", me preguntó. Hubiera querido explicarle, hubiera querido decirle de una vez por todas la loca carrera en que me había visto envuelta, pero no me dio tiempo.

"¿Qué son esos ruidos?", dijo. Entraron al estudio en tropel. Se pegaron a las paredes y los vi, como había venido viéndolos en fragmentos, los vi unidos los unos a los otros, armando el rompecabezas que hasta ese día comprendí, aglutinados los fragmentos en torno al *clavitos* que Esther conservaba, colgado y enmarcado en la pared del estudio.

"¡Pero qué es esto!" o algo así gritó corriendo a protegerme. Todos los del muro voltearon furiosos a verla, sintiéndose interrumpidos, vejados en su intimidad, y empezaron a despegarse los unos de los otros y las partes de los unos de las partes de los unos y las partes de los otros de las partes de los otros, hasta formar de nuevo la masa de fragmentos que yo conocía tan bien. Los persecutores se abalanzaron sobre ella. La tomé de la mano y le dije: "corre, Esther, ven". . .

"¡Dime mamá, siquiera!", me grito con una voz cambiada por el pánico. "¡Pero qué es esto!", iba repitiendo mientras yo trataba de salvarla, yo, que le había aventado la jauría a su estudio, yo, hasta que oí el grito de papá: "¡pero qué es esto!" y vi que de mi mano ya no dependía ninguna Esther, que de nuevo estaba sola esquivándolos en la sala y corrí a mi cama y lloré y lloré sin dejar de oírlos y escuchando a papá llamar por teléfono al doctor y luego la estruendosa, aparatosa, gritona y deslumbrante llamada de la ambulancia. Me asomé a la puerta y vi dos camilleros llevando a Esther. Esther (¿puedo decir mamá en este punto de la historia?) volteó la cara a verme. Corrí a ella. Los camilleros se detuvieron. Con la cabeza torcida y los labios entreabiertos, me dijo "pobrecita" y rompió a llorar también; ah Esther, te quise tanto, tanto, mamá, mamá, mamá, mamá. . .

El horario de visitas era rígido en el hospital. Nosotros no pudimos verla hospitalizada porque papá decidió que asistiéramos normalmente a la escuela.

Los doctores no comprendieron sus síntomas: veía las imágenes al revés (no todo el tiempo, pero de pronto se le volteaban), oía un zumbido continuo, tenía vómitos incontrolables y duró tres días antes de morirse de lo que diagnosticaron *post-mortem* como un tumor cerebral.

Papá insistió en que la velaran en casa. Yo no podía soportarlo. Ahora también tenía miedo de Esther. Enfrente de todos los pasos distinguía los suyos con las pantuflas que usaba para andar en casa, arrastrándolas del modo que le era característico. Una noche incluso creí verla con su bata rosa de franela, avanzando hacia mí, hasta que, cuando iba a tocarme ya el hombro, desde el sueño grité: "¡No, no!". . . Papá corrió al cuarto

—¿Qué tienes?

—Soñaba.

¿Por qué no me fui con ella? No me hubiera salvado la vida, claro, no necesito decir que también con ella la hubiera perdido, pero qué más da pensar en eso ahora. Es demasiado tarde, demasiado tarde incluso para lamentarme de algo, de cualquier cosa.

XIV

A unque no me gustaba casi nunca ir a jugar a casa de las amigas, acepté la invitación de Edna porque al ahogo que sentía en la casa por los pasos arreciados, cebados con el cuerpo de Esther, engreídos, ensoberbecidos, se había aunado la tristeza. Llegamos (yo no era la única invitada) y decidieron que íbamos a nadar en la alberca de la casa. Edna me prestó un traje de baño. Maite, Rosi, Tinina y Edna se quitaban la ropa platicando. No sabía qué hacer, detenía el traje en las palmas como monaguillo y miraba distraída al jardín a través de la ventana.

"¿No te gusta? —me dijo Edna—, ¿te doy otro traje de baño?" "Sí, sí me gusta, voy al baño", o algo así le contesté. Me encerré para cambiarme y las oí salir platicando. En un santiamén amontoné el uniforme en el piso y me enfundé el traje. Salí con la ropa hecha bola en los brazos: avergonzada encontré una linda muchachita en el espejo. Traté de adivinar la mirada conocida hundida entre las pestañas: topé con un par de ojos de gato. Eché la cara hacia atrás: rostro de gato. Di un paso a la pared para verme en el espejo lo más posible: alcancé a revisarme de la espinilla a la cabeza, una linda niña que se echó a andar hacia la alberca.

Se habían tirado sobre toallas para tomar el sol. Eran niñas, niñas jugando a que eran señoritas tomando el sol, niñas lindas como yo, bien alimentadas, sanas y serenas. Me quedé de pie mirando la alberca.

Alguien me empujó con dos tímidas manos en la cintura y caí librando apenas el borde de la alberca. Abrí los ojos dentro del agua: ésta se movía brillante y limpia, se meneaba y sonaba como un enorme corazón en pausado movimiento: tum, tum, tum. . . Traté de impulsarme para salir y sentí el cuerpo ardiendo, sentí el cuerpo a punto de quemarse y sentí que el agua no iba a permitir que yo jalara de ella para salir a flote. Estiré la mano y alcancé un barrote de la escalera. De él me sostuve, cerré los ojos en el agua ardiendo, parpadeando, y al abrirlos miré los zapatos de los muchachos. Alguno de ellos me habría aventado.

Edna me acercó una toalla. "Ni siquiera te mojaste el pelo", dijo asombrada. "¿Cómo te caíste?", "¿te tiraste a propósito?", "¿no te lastimaste?", "¿no te lastimaste?" Los muchachos guardaban silencio. Nadie tenía cara de haberme empujado. Me toqué el pelo: estaba seco, totalmente seco, acomodado como acababa de verlo en el espejo, con raya al centro y las puntas ligeramente dobladas hacia mi cuerpo.

—Es Jaime, mi hermano, José Luis Valenzuela, el Ciclón, Manuel Barragán.

—Mucho gusto.

—Vamos a cambiarnos.

Quería irme a la casa. Hablé por teléfono. Sólo estaba Inés. Tendría que esperar.

Había algo en el jardín que no podía comprender, algo que no escuchaba aunque me persiguiera. Tardé en cambiarme, pero me esperaron. Algo buscaba traicionarme. Nos sentamos en la cama a platicar, mientras me ponía los calcetines. Alcé la vista, buscando mis zapatos y aproveché para dar una ojeada al jardín. Oí risas. "Es la sangrona de mi hermana", dijo Edna. Las risas entraron al cuarto de al lado, lo cruzaron, pasaron al pasillo y se detuvieron frente a la puerta. La abrieron sin tocar.

El ángel del purgatorio y el ángel del bien estaban ahí, vestidas con el mismo uniforme que traían aquella mañana en el baño. El ángel del bien dijo: "no estén ahí encerradas, niñas". Dieron la media vuelta y siguieron su caminata.

—¿Quién es?

—Cristina. Es una pesada. Vamos afuera, apúrate, va de

94

acusona con mamá. Cuando tengo amigas en la casa, no le gusta que esté con ellas en el cuarto.

Salimos y topamos con su mamá en el pasillo. Traía un broche que le detenía el cabello en la nuca, ligeramente despeinado y se detenía con ambas manos de ambas paredes del pasillo. . . Calzaba zapatos tejidos y los arrastraba ligeramente al caminar. No nos saludó.

El sonido de esos pasos era como el sonido de las pantuflas de Esther. Debía irme de casa de Edna cuanto antes. Pasamos junto a la mamá mientras Edna daba explicaciones que ella no escuchaba: "vamos para afuera. . . nos estábamos cambiando".

Los muchachos nos esperaban en el jardín. Las dos ángeles no daban muestras de vida.

Estaba atardeciendo, y yo, distraída, hubiera querido ser el sol a punto de irse. Se había decidido que jugáramos escondidillas por parejas. Manuel Barragán me dijo *ven* y nos echamos a correr. Nos acomodamos atrás de unas piedras volcánicas mientras esperábamos un tiempo prudente antes de intentar tocar la base, y ahí me preguntó, colocándose la *v* de la victoria bajo las narices: "¿Sabes qué es esto?" y le contesté, porque entonces, entre nosotros, quién no conocía esa seña obscena: "me estás pintando violines". (¿Qué quería decir "pintar violines"?)

Que yo reconociera la seña lo envalentonó. Me tomó de la mano para que corriéramos juntos con una extremidad llena de dedos fríos, húmeda, lerda, en no sé qué aterradora. Lo jalé para detenerlo. "Déjame ver tu mano" fue lo único que se me ocurrió decirle. Me la enseñó. Era una mano. Pero en mi mano su mano era un garrote deforme, era una aspereza revestida de piel, un gancho helado y rasposo con intenciones de desollarme. Volvió a jalarme para correr. ¿Qué me traicionaba en el jardín? Cuando me di cuenta, tenía su cara pegada a la mía y una lengua gruesa y palurda, fría también, intentando sumergirse entre los labios.

Eché a correr hacia la casa. No es que me diera miedo el beso, diré que había querido que cualquiera me besara (por pura curiosidad, para ver cómo era), pero me daba terror el frío de piedra de su mano y la heladez de su cara. ¿Cómo podía ser fría la temperatura del cuerpo y como un géiser la de la alberca helada? Eché a correr para librarme del jardín.

Al entrar a la casa, me encontré a la ángel del bien sentada en un sillón con un hombre que me pareció hermoso como los príncipes de los cuentos. Alguno de los dos me preguntó: "¿te pasa algo?"

Les dije que no quería estar en el jardín. "A mí tampoco me gusta estar en el jardín. Lo arreglaron para que nadie se sienta a gusto en él —la ángel del bien agregó mirando al novio—, ya ves cómo es mamá. Siéntate con nosotros."

Me senté en un taburete.

— ¿A qué horas vienen por ti?

Creía estarlos estorbando. Eran hermosos y parecían enamorados.

—Woyteh, ¿sabes de quién es hija? De Esther de la Fuente. El príncipe Woyteh abrió los ojos.

—¿De veras?

—Sí —dije.

—Nosotros —dijo Cristina— la admirábamos mucho.

—Gracias.

—Ustedes son tres, ¿verdad?

—Sí.

—¿Era buena con ustedes?

—Muy buena.

—¿No resentías que ella trabajara? ¿No se sentían abandonadas porque ella trabajara?

¡Como si pudiera fijarme en eso!

—¡Claro que no!

—¿Ves Woyteh?, sí se puede. Se puede tener hijos y tener un hogar y tener profesión.

—Claro que se puede —dije, por no llevarle la contra. No entendía de qué me estaba hablando.

Afortunadamente llegó el mozo que abría la puerta a avisarle al ángel del bien que habían llegado por mí. "Con permiso. Gracias." La mano de Woyteh no era fría, era una mano *mano*, idéntica en mi palma a la mía. Cristina me acompañó a la puerta. Estaba radiante. Al abrir la puerta, como condición para dejarme salir, me volvió a preguntar: "¿De veras se puede?" En lugar del sí apresurado que le dije por huir de esa casa, de haber tenido valor le hubiera preguntado: "Ángel del bien, ¿recuerdas que ustedes me vacilaron en el baño de la escuela?"

Me subí al coche y saludé a papá.con dos sílabas que él redujo en su contestación a una. Papá no agregó nada más ni yo tampoco. Bueno, siquiera las sílabas eran más que él y yo solos, solos, solos en su enorme coche. ¡Ni siquiera el carro decía nada! Circulaba silencioso, como si no rozara el pavimento.

Papá debía estar muy triste. Yo sí estaba triste y estaba agitada, sobresaltada por el jardín de Edna, la lengua helada de Manuel Barragán y la conversación con el ángel del bien. Por eso rompí el silencio.

—Papá, cambiémonos de casa.

—¿Para qué?

—Para estar menos tristes.

—Estaríamos más tristes.

Volvimos a guardar silencio. Al pasar bajo una lámpara del alumbrado público alcancé a ver en mis rodillas pequeñas ampollas. Lo confirmé en la siguiente laguna de luz. Me toqué el pecho: me ardía. El cuello me ardía también. El agua de la alberca, el agua fría de la alberca me había quemado la piel. En cambio el muchacho —que sin duda tendría 36.5 grados centígrados en la piel si no es que más por la excitación de su aventura— me había parecido frío. Me lo decía una y otra vez, arrullando el pensamiento con el vaivén del coche. Así, con la piel precocida, las guías de la persecución acabarían conmigo esa misma noche. Me faltaba aire. Quería gritar o llorar y hablé:

— Tengo miedo en las noches. . .

—¿De qué?

—De. . . (¿por dónde podía empezar?) de Esther (¡qué torpe, cómo le fui a decir esto!).

Veníamos por avenida Reforma. Pegó el coche al lado derecho de la calle. Lo frenó y rompió a llorar. Le acaricié la cabeza y la sacudió para alejar mi mano de ella.

—¿Cómo puedes tener miedo de Esther? ¡Es tu mamá! —no dejaba de llorar y yo no sabía qué hacer—. ¿No te acuerdas de ella? ¿Sería capaz de hacerte algún daño?

—Perdóname, papá, dije una tontería.

—Además, ¿para qué quieres dejar la casa? Era la casa de Esther. Es lo único que me queda de ella.

Apoyó la frente en el volante y siguió llorando hasta que sentí que su llanto era tan abundante que podría —como lágrimas de Cristo— salvar al mundo.

Cuando acabó, se sonó con su pañuelo y me llevó a tomar un helado al "Dairy Queen".

XV

Dos o tres días después de la visita a casa de Edna, Yolanda y Vira, dos amigas de Esther, de aquellas que discutían con ella horas enteras frente a libros abiertos, pasaron por nosotras tres para llevarnos a Bellas Artes. Male y Jose pensaban en la salida con disgusto. Yo, en cambio, las veces que había sido llevada la había pasado muy bien. Disfrutaba la música. Recordaba la última vez que fui con Esther y papá, hacía años.

. . .Concierto a Bellas Artes. . . noche de música. . . ¿cómo narrárselos?. . . ¡las frases sueltas no son un capricho!. . . el traje azul de pana, la cola de conejo retozando en mi barbilla. . . los zapatos brillantes. . . la noche entera para nosotras, no (como siempre) una simple funda para embolsarnos y ponernos a dormir, como se ponen los pollos al fuego. . . ¡y luego la música!. . . pasos de ángeles. . . seres puros que sobre la tierra se movían sin arrastrarse y que si volaban no era hacia arriba, no era para irse sino para observar. . . ¡puro amor ahí entregado!. . . cariños sin cuerpo. . . nervios sin carne. . . nervios desnudos y sin dolor, sintiendo. . . el lujo del gozo ni rompe ni arranca ni arrebata ni transporta: lo sienta a uno en la butaca. . . ¡y las ganas de bailar que yo tuve!. . . me creía bailando entre ellos. . . los aplausos, luego, el excitante escuchar tantos aplausos sintiendo que todos habían sentido lo que yo había sentido, que por fin había yo *comulgado*. . . salir. . . cruzar. . . caminar entre tantas luces como un escenario, las escaleras limpias parecían pistas para resbalar, el techo alto como una iglesia pero rebosante de alegría. . . ¡pecho a la música!. . . ¡al vilo todos!. . . imagínense en sus butacas: serán llevados en ancas por las notas a la orilla del precipicio, al vuelo que parece intentar estrellarse y luego alzarse para sólo estrellarse. . . con qué candor me entregó mi alma de niña al juego de la música esa noche inolvidable. . . Si hubieran sabido cuánto la diminuta espectadora se dejó llevar por ellos, cómo y cuánto les fui fiel. . . y amante y entera suya, sin más cuerpo que el que los músicos con sus cuerdas me concedían. . . ¡ay! si pudiera recordar, revivir cómo suena la música, cómo se arman los sonidos y dónde caer para corromper con su gusto el alma. . .

Llegué dormida a la casa, dormida me vistieron con la pijama. Más noche, cuando desperté, cerca de la madrugada, y escuché los mismos ruidos de siempre, medí la pobreza de lo que se me acercaba: sus sonidos no eran dulces, no eran tampoco ásperos, no tenían signo musical, Eran sonidos sin alma, insensibles, que en sí no abrían puertas ni querían decir algo. Tuve ira de que lo que me perseguía no se asemejara a aquel paraíso al cual yo quería pertenecer, sentí vergüenza de la estrechez que estaba ávida de mí. De haber pensado entonces que ese mundo era lo que me esperaba, de haber sabido que ese mundo *iba* por mí, hubiera llorado y hubiera llorado y tal vez nunca, hasta mi último día, hubiera parado de llorar. . .

Así que cuando llegaron por nosotras Yolanda y Vira y preguntaron que si queríamos ir a Bellas Artes, por más que grité sí sí sí, mis hermanas ganaron la batalla. Vámonos mejor a otra parte. Nos llevaron al cine a ver una película sobre unos señores que vivían en el futuro, en un mundo moderno, y quemaban los libros que se encontraban porque los consideraban dañinos. Hubo una héroe, una heroína, una viejita que se dejó quemar entre la llamas con tal de morir con sus libros. De ahí, nos llevaron a cenar, pero no quería yo cenar, me sentía mal, no sabía de qué pero me sentía extraña.

Pedí un plato con tres bolas de helado, crema y mermelada y me lo permitieron. Mis hermanas comieron quién sabe qué y todas discutían y opinaban de la película.

XVI

Aquí querría terminar mi relato. El recuerdo de un concierto en el palacio de las Bellas Artes, las aspiraciones que acuné a una vida con emociones, la fantasía de tener dentro de mi cuerpo un corazón que no sólo sirviera para empujar mi sangre sino que llegara a cambiar su ritmo para uniformarlo con el paso del sentimiento de otros, un corazón que bailara, que sabiendo escuchar se uniera a ritmos ajenos como en esa ocasión lo hizo con la música. . . Me enfurece pensar que no puedo terminar de hablarles aquí, porque no tendrían sentido todas las palabras que les he ido diciendo, no puedo terminar porque parecería que no quise contarles cómo fue que llegué yo aquí y para comunicárselo ha sido toda la plática, para decirles cómo fue que llegué yo, qué me llamó y desde cuándo; y si no puedo adivinar qué me llamó (de hecho no sé qué), sí cómo o en qué momentos o por lo menos qué efecto tenía en mi blanda carne el llamado, cómo sentía que mi saliva astillaba, que mi sudor dejaba de serlo, que mi sangre se hacía piedra en mis venas. Si terminara de hablarles en el concierto, yo no sería más que una niña sin nombre emocionada, no sería más que mi trajecito de paño azul marino y mis zapatos número dieciocho de charol brillante y limpio. Si lo fuera, no me avergonzaría, ¿cómo o de qué? No tendría la necesidad de contárselo a nadie, ni a mí misma: no me haría falta la oscura voz que he usado, de la que he echado mano, para acercarme a ustedes.

Así que tendré que llevar la memoria a término, colocarla hasta donde llega, hasta el momento en que dejó de salir lo que podría alimentarla, hasta que el antes se tronchó para quedar sin retoño.

No había nadie en casa. Nunca me había ocurrido: no había nadie. Mis hermanas se habían ido a visitar a su abuela, lo hacían ahora con frecuencia. De hecho la habían resucitado a la muerte de Esther, sacándola de la nada con un afecto rozagante y vigoroso que yo comprendía como su mayor mentira. De no visitarla nunca, habían pasado a verla casi a diario, porque si habían perdido a su mamá en circunstancias que nunca nadie me explicó, no estaban dispuestas a quedarse de nuevo sin mamá, y brincaron a sus gélidos brazos para protegerse de la muerte.

Yo no podría brincar hacia ningún sitio. La abuela Esther no soportaba la muerte de su niña: yo me había borrado con ella en su mirada, me había disuelto, perdiendo la forma que su afecto me había otorgado y que tanto aprecié. Viéndola a los ojos, entre ella y yo se interponía el recuerdo de Esther, la cara de Esther cuando tenía mi edad, cuando era menor que yo, cuando me iba a dar a luz, cuando fue a Nueva York a recibir su premio. . . Entre mi abuela y yo el reflejo de Esther, una cortina de lágrimas que me impedía acercarme a ella sin ahogarme de dolor. . .

Cualquiera se daba cuenta de esto. Se sabía que yo era su predilecta, que yo era la nieta preferida. Ahora se sabía que yo era un trozo de carne inerme al que tenían que proporcionar cuidados y sobre el que se hablaba con preocupación: *¡pobre niña!, ¿quién va a cuidar de ella?*

Mis hermanas no estaban. ¿Papá? No estaba. Las muchachas, de por sí aisladas en su cuarto, inaccesibles, no estaban tampoco, habían pedido permiso para salir. ¿Dónde había ido papá?

¿Por qué me habían dejado sola? Tenía miedo, esta vez miedo de todo y de todos. No solamente lo que me perseguía era una amenaza: lo era también lo que me rodeaba: las blancas cortinas del cuarto, las cortinas vivas como bichos, como animales enjaulados en un zoológico que no querría visitar, bestias adormiladas a quienes mi presencia despertaba y enfurecía. ¡Y las cortinas no eran nada ante el mar embravecido, el mar del piso de la casa! ¿Quién podría pisar, sin arriesgar el cuero, la cruel madera, la comelona alfombra, los plateados resplandores de una luz que no me indicaba qué era lo que me rodeaba, sino que me señalaba artera como la enemiga a atacar?

Empecé a sentir que el problema no estaba dentro de la casa y conmigo: las amenazas de todo aquello que no era lo que me perseguía no eran sino el anuncio de algo que fatal se tramaba fuera de la casa. Encendí el radio y me senté a escuchar, recostada sobre el sillón, qué fatalidad se había cernido sobre la ciudad. Escuchaba la cálida voz de un locutor anunciando canciones, escuchaba las canciones y sentía todo mi cuerpo sobre el sofá esperando que cruzara en el radio la fatal noticia: los que habían salido de la casa (estaba convencida de ello) no podrían volver, no podrían cruzar las llamas o las densas capas de humo o la inundación o el estallido o lo que hubiera ocurrido allá afuera. . . Así me quedé dormida, sola tirada en el sillón, en la casa que todos habían terminado por abandonar porque la sabían poblada de la que los había dejado para siempre y por mi culpa.

Cuando desperté ya era noche, no sé si muy noche o si poco noche. ¿Las nueve, las diez, las doce, las tres de la mañana? Quién sabe qué hora sería. ¿Habría regresado alguien a la casa? Crucé al cuarto de papá: dormido, hasta roncaba. Mis hermanas no estaban. Las muchachas quién sabe si habrían vuelto. Esther no había vuelto. Caminé a mi cuarto. Me senté en el borde de la cama a desabrocharme los zapatos para volverme a dormir con la ropa del día anterior, la ropa que por primera vez en mi vida no me habían quitado para cambiármela por la de dormir, y ahí, sobre mis pies calzados los vi a todos mirándome, a los perseguidores mirándome desde mis propios pies como desde la ventana de un alto edificio que habitaran. ¡Qué pánico sentí! ¿En mis pies?

¿Y mis zapatos dónde quedaron? Noté, en el zapatero vertical que colgaba de un extremo del ropero, acomodados en su lugar los zapatos que hacía un instante calzara.

Salí descalza, corriendo del cuarto, sin saber dónde ver, sin querer detener en mí la mirada, no quería verme, no quería ver quién era yo ni qué buscaba ni dónde iba: el miedo me ganaba: no tenía estrategia para intentar escapar de mis perseguidores. Corrí, corrí, corrí. No caminé. No miré hacia dónde iba. Lo había perdido todo.

Cuando abrí los ojos, estaba frente a la puerta de la casa que da a la calle. ¿Qué buscaba? ¿Salir de la casa? ¿Irme a dónde?

¿Había ocurrido la desgracia en el exterior? Creí percibir un olor a humo, un aire denso, lleno de pequeñas partículas carbonizadas, inflamadas acaso, porque se clavaban en mi cuerpo con crueldad. Me ardía respirar. Intenté abrir la puerta que daba a la calle pero no pude, era más fuerte que yo. Ahí estaban los perseguidores, los oía respirar junto a mí. Sentí que no iban a acosarme más y, en lugar del alivio, mi cuerpo dejó de pesar sobre la tierra: mi cuerpo no pesaba: mi cuerpo tendía hacia arriba, obediente de otra gravitación. Clavé la vista en la tierra del jardín, buscando en ella consuelo. Un hoyo, un hoyo como cavado por un animal dejaba ver un corazón palpitando bajo la tierra, un corazón parecido al de la rana pero de sobra mayor. Me agaché y tomé con la mano derecha el corazón, sujetándolo, cerrando en torno a él mi puño. Los perseguidores se fueron, mi cuerpo se vio de nuevo lleno de su propio peso, relleno de peso al contacto con el tibio corazón que me había donado la tierra para detenerme: un corazón tibio, seco como un objeto de piel o de madera, suave pero firme. Palpitaba. Lo sujetaba con fuerza.

Mis calzones se mojaron, su blanco algodón se impregnó de un líquido tibio como el corazón. Se empaparon y, con qué claridad lo sentí, dejaron escurrir por mis muslos un cálido líquido que empezó a molestarme. ¿Qué era? ¿Qué escurría desde adentro de mí, traicionándome? Pronto, al tiempo que veía las luces de la casa encendiéndose y oía a papá llamarme, pude ver mis calcetas blancas pintadas con la misma sangre que supe me había manchado los calzones y las piernas. ¿Qué se había roto adentro de mí? Pensé: "Es porque me quedé sin sueños", porque otra noche había pensado que el hilo que los sujetaba, como aquel cable de luz en el alcanfor, en cualquier momento daría adentro de mí de latigazos. "¿Es eso?"

¿Por qué lo pensé? Porque me había dejado vencer y distraída miraba a destiempo mi derrota. Pensé entonces: "¡no seas estúpida, es el corazón que detienes!" Y lo solté. Mi cuerpo entonces, sin mayor defensa, ya sin peso, no podía permanecer ni un momento más y subió, subió, subió, acompañada por los que siempre me habían perseguido.

Vi a papá salir a gritar mi nombre al jardín. Oí que corría al teléfono, vi (¿cómo lo vi?) que me encontraba en la cama, con la pijama puesta y la ropa del día tirada desordenadamente en el piso... Yo dormía, o mejor dicho, ella, su hija, dormía para siempre, con su pantalón de franela empapado en sangre, las sábanas manchadas y los ojos cerrados, y en la cara una expresión de calma que no merecía.

El doctor no podría explicarle los motivos de mi muerte.

Antes, de Carmen Boullosa, terminó de imprimirse el 13 de enero de 1989 en los talleres de Offset Marvi, Leiria, 72, en México D.F. La fotocomposición la realizó Pedro A. Molinero en Editorial Vuelta S.A. de C.V. empleando tipos century 11:13. Se tiraron 3 000 ejemplares y la edición estuvo al cuidado de Óscar Díaz y Misericordia García